有心长作济南人

朱文兴 著

济南出版社

图书在版编目(CIP)数据

有心长作济南人 / 朱文兴著. —济南：济南出版社，2014.1

ISBN 978-7-5488-1204-3

Ⅰ.①有… Ⅱ.①朱… Ⅲ.①散文集—中国—当代 Ⅳ.①I267

中国版本图书馆 CIP 数据核字（2014）第 013604 号

出版发行 济南出版社
地　　址 济南市二环南路 1 号(250002)
印　　刷 山东省审计厅劳动服务公司印刷厂
版　　次 2014 年 1 月第 1 版
印　　次 2014 年 1 月第 1 次印刷
成品尺寸 170 毫米×240 毫米 1/16
印　　张 11.25
字　　数 100 千字
定　　价 26.00 元

济南版图书，如有印装质量问题，请与出版社出版部联系调换
电话：0531-86131736

心声的见证

（代序）

那是 1972 年 2 月 18 日，农历正月初四，上午 10 点，一个身穿旧军装、头戴褪色旧军帽的青年，身背打得如同军用背包的铺盖，手提一只褐色的旧衣箱，走出济南老火车站——这就是 42 年前的我。

大学毕业后，按照当时的要求，我先到部队农场接受了一年半的劳动锻炼，然后分配到济南工作。来济前，我先回到老家宝山县罗南公社农村过了个年。正月初三上午，辞别了年迈的祖母和年近半百的母亲，换乘了 3 路长途车和公交车，到达上海北站，用 17 元 4 角买了一张到济南的硬座火车票，登上了北上的列车。至今我仍记得，这张火车票几乎花去了我半个月的工资，当时我的月工资才 43 元 5 角。经过近 20 个小时的旅程，翌日上午，我的双脚踏在了济南的土地上。当时不会想到，这一踏，就是 42 年。

异国情调的火车站给我留下深刻印象。一辆人力三轮车把我拉到经十纬一路省委四宿舍，省大学毕业生分配办公室设在那里。隆冬时节，马路上到处是雪堆，天虽冷，但空气清新，街面宁静。报到之后，我住进省直机关第二招待所。"省二所"位于济南老商埠的纬四路上。等待分配一等就是一个月，闲着没事，就在附近逛逛。可以说，我了解济南是从老商埠区开始的。这里马路不宽，但路网方方正正，东西南北直来直去；沿街不像上海那样高楼林立，但西式别墅很多，别有一番风情。

3 月下旬，省"毕办"通知我到济南市教育局革命委员会报到。市教育局设在经二路 195 号一个两层日式别墅内。我很快被分到济南第一中学任教。济南一中是山东省历史最悠久的省立高中，当时在济南老城区的运署街上。学校为我在教室与锅炉房之间的一间小平房里安排了住处，共住的还有两位刚从济南工厂里选调来"掺沙子"的"工人教师"。放学以后和星期日，单身一人的我常到学校周边的街巷走走。担任 29 级 17 班的班主任以后，因为学生就近划片上学，都来自附近老城区，为家庭访问，老街巷就转得更多了。当了 5 年老师，加上后来还在七家村的一个宿舍里生活了 10 年，几乎走遍了老城区每一条大街小巷。

济南老城区的街巷，与上海弄堂有着完全不同的市井风情，让我感到新鲜。而通过与学生、学生家长和同事的接触，我更感受到了济南人的淳朴与热情。我熟悉了按察司街、苗家巷、芙蓉街、宽厚所街、舜井街、天地坛、葛贝巷、县学街、县东巷、县西巷、曲水亭街、贡院墙根街、鞭指巷、后宰门街、辘轳把子街、岱宗街……看着这些老街名，走过这些老街巷，浓浓的人文气息迎面扑来。

20 世纪 70 年代末到 80 年代初，我又到经二路 195 号院市教育局驻地的两层别墅里工作了 7 年，全家还在这院里住了一年多，对老商埠的感性认识更多了，因而就又多了一分感情。就这样，虽常常思念故乡，年轻时也屡有调回上海的念头，但或许是甘甜的泉水滋润了我，淳朴的民风感染了我，抑或是深厚的文化底蕴和快速的城市发展吸引了我，最终还是在这里扎了根，融入到了这座城市。

济南有我的人生我的家庭我的朋友，济南有独特的秀气和灵气。我爱济南的泉，泉水是那样的清澈灵动，清可鉴人，清可洗心；我爱泉城的柳，柳丝飘逸，犹如少女之美，即便在冬季，济南的柳树依然是那样的婀娜多姿；我爱济南的山，即使不上山，每天也爱看山，喜欢从远处眺望千佛山和英雄山，总觉得山的天际线是那样的美。趵突泉、大明湖、千佛山、四门塔、灵岩寺、百脉泉、朱家峪、红叶谷、平阴玫瑰、历城南部山区、老城区和老商埠的老街巷等，都是我喜爱的地方，有空就去逛，每次去都感到是那样的新鲜，赏不够，有感而发，就写成散文。收入本书的散文就是这样一篇篇地写出来的，过半被香港《文汇报》和上海《文汇报》采用，大多为近年来的新作。

真，是散文的灵魂。恰如母校复旦大学中文系一位教授所说的，散文的要义在于情真意切。本书的每篇文章，真实地记录了我“有心长作济南人”的心路历程，可以说，字字句句都是从我爱泉城爱家乡的心泉里流淌出来的。

就让这些文字作为我心声的见证吧！

朱文兴

2014 年 1 月 19 日

目 录

赏不够的趵突泉

离开故乡江南到济南的四十年间，趵突泉是我最爱去的地方。无论是春秋还是冬夏，只要有闲暇，总爱去转转，百看不厌。不同的季节会看到不同的景色，领略到别样的韵味。

金秋的一天下午，我再游趵突泉。一踏进东门，满目都是盛开的菊花。多姿多彩的菊花制作成的各种植物造型，栩栩如生，惟妙惟肖。

经过金菊簇拥的晴雨桥，我首先来到漱玉泉。看着清澈见底、平静如镜的长方形泉池，不禁想起了明代诗人晏壁的“南泉漱玉派匡庐”、“月照波心清可鉴”的诗句。这个清可鉴人的漱玉泉，相传是宋代杰出女词人对泉梳妆、赋词吟诗的地方。泉水从池中溢出后，流入南侧的小湖中。湖边奇石卧水，垂柳拂岸，湖面鸢飞鱼跃，一派原生态的自然景色，溢淌出浓浓诗情画意。置身其中，我恍然有悟：地灵人杰，一代女词人当年之所以能写出众多风格清丽婉约、情感真挚细腻的传世词作，并以《漱玉集》命名结集，莫非是清泉的滋润和环境的熏陶使然？

从漱玉泉向北，看了水草茵茵的马跑泉，穿过一片茂密的竹林，过娥英桥左转，我来到了濯缨池。这个泉不出名，但每次到趵突泉公园，我都喜欢到濯缨池北岸的石头上坐下，慢慢欣赏品味。“濯缨”取之于《楚辞·渔父》中“沧浪之水清兮，可以濯吾缨；沧浪之水浊兮，可以濯吾足”一句。池如其名，清澈如镜。这个泉池，看中间，像个湖，水面开阔，水势浩大，锦鲤戏翔，养眼怡人；看东西两侧，是条河，

趵突泉

河岸茂林修竹，杨柳婆娑。湖岸南高北低，南岸奇石嶙峋，一帘瀑布从山石绿树间飞流直下，泻入湖中，宛如一幅灵动的山水画。这个泉池是由公园里20多处名泉喷出的泉水汇流而成的，即使到了枯水期，照样水量充沛，清澈见底。有一年元宵节的晚上，我还带孙辈到这里放过荷花灯呢！

从濯缨泉两侧向南，穿过三圣堂、娥英祠和泺源堂，我踏上来鹤桥，凭栏西看，观赏趵突泉。只见三股水从池底不停地跳突喷涌，翻滚出水面近一两尺，形似三个玉洁冰清的硕大晶球，蔚为壮观。这景致、这喷势、这清澈，我不知看过多少次，都总嫌看不够。济南七十二名泉各具风采，但在我眼中，最雍容华贵、底蕴最深的就数趵突泉。趵突泉古称“泺”，有悠久的历史。2002年有专家根据河南安阳出土的甲骨文考证，趵突泉有文字记载的历史可上溯到商代。北魏郦道元在《水经注》中对趵突泉有“泉源上奋，水涌若轮”的记载。历代文人墨客对趵突泉多有赞咏，如金代诗人元好问的“且向波间看玉塔”、元代书画家赵孟頫的“云雾润蒸华不注，波涛声震大明湖”和“平地涌出白玉壶”、清代诗人何绍基的“万斛珠玑尽倒飞”等诗句，都是对“趵突腾空”景观的生动写照。趵突泉四季皆宜观赏，金秋看“趵突腾空”，严冬赏缥缈烟雨。早年一个晴朗奇冷的冬日，我陪沪上来的客人游趵突泉，原以为万木凋零没啥看头，没想到泉池上方水汽袅袅、云雾润蒸，雕梁画栋的泺源堂和飞檐斗拱的观澜亭，在水雾中忽隐忽现，呈现出“多少楼台烟雨中”的奇妙仙境，令客人流连忘返。

从趵突泉向南，经过康熙皇帝题写的“激湍”石碑，我又来到了无忧泉边。泉池四周柳树成荫，柳枝拂水；池岸用不规则的自然石砌就；石隙间，一簇簇的金黄色悬崖菊探向水面；东北岸边有几块巨石卧入水中，成为自然状的亲水平台，游人到此几乎都要站上去，双手掬泉，拂面洗心。无忧泉泉如其名，是陶冶性情的好去处。我每次来到这里，看到碧潭如镜的泉水时，疲劳和烦恼便顿时消失得无影无踪。记得十年前，妻子生了一场大病，痊愈后因严重失眠而终日忧心忡忡。我插空多次陪她到无忧泉西岸边的杨树下赏泉观鱼，等玩上半天再回家时，心情就放松了许多。从此，我对无忧泉情有独钟，常与老妻到泉边享受远离喧嚣的宁静，补上年轻时未曾有过花前月下的缺憾。

傍晚，披着落日的余晖，我迈着轻松的步伐，走出了趵突泉南门。稍有遗憾的是，众多底蕴深厚的人文景观，如垂杨深处的李清照纪念堂和李清照故居陈列馆、融北京四合院和江南园林风格于一体的万竹园、尚志堂等古书院和望鹤亭等古亭，还有龟石和待月峰等奇石，只好留待下次再看了。

（2012 年 11 月 6 日）

众泉汇流明湖美

我对大明湖的最初印象，是从晚清小说《老残游记》中获得的。半个世纪前，正在故乡江南求学的我从刘鹗笔下知道了大明湖，书中描绘的湖光山色，令我恍入诗情画意之中。从此，大明湖成了我心仪的地方。

没料到，大学毕业后，我来到济南工作、安家。从此，大明湖进入了我的生活，融入了我的生命。现实中的大明湖，比刘鹗的描绘还要美得多。清晨傍晚，雪霁雨后，初春晚秋，盛夏严冬，景致不同，给人的感受也就不同，不能不让我每每临湖游玩，流连忘返。

大明湖是诗意的。湖岸杨柳婆娑，婀娜多姿，亭台楼阁掩映其中，微风掠过，时隐时现，宛若人间仙境。岸柳恰似一条绿色的项链绕在一片碧玉上，浑然天成，十分怡人。在湖边随便找个地方坐下来，都有置身画中的感觉。

三月初的济南还鲜见春天的气息，大明湖的柳树却早早地吐了翠，呈现出唐代诗人贺知章描写的“碧玉妆成一树高，万条垂下绿丝绦。不知细叶谁裁出，二月春风似剪刀”的景致。每年此时，我总要到这里来，欣赏大自然点染的明湖春色图。盛夏，到岸边的树荫下坐下来。看近处，荷花盛开，微风夹着淡淡的荷香从脸颊上掠过，甜丝丝的，沁人心脾。树随风曳，柳枝拂水，鸢飞鱼跃，立在渔网木桩上的水鸟时而抖开翅膀，时而伸出长嘴啄水，悠然自得。驻足湖边，向南望去，千佛山清晰可见，大明湖像镶嵌在济南老城的一面镜子，构成一幅“四面荷花三面柳，一城山色半城湖”的美丽图画。天晴的冬日傍晚，从北极阁前向西远望，柳树虽然娇华落尽，但依然仪态万方，湖中那两个有几棵大柳树的小岛，在夕阳的映照下呈现出素雅的剪影，美不胜收。

大明湖是深邃的。千年古钟、道教庙宇、亭台楼阁、名人楹联、帝皇题匾……满园古迹，大明湖像济南的一条历史长河，一本内容丰富的济南乡土教科书。湖北岸的铁公祠、小沧浪亭、北极庙、南丰祠，东岸的超然楼、秋柳园，湖中的历下亭，鹊华桥、北渚桥、南丰桥、曾堤……无不饱含着大明湖深厚的历史文化底蕴。历代文人名士游历大明湖后，总是被一湖美景所陶醉，或饮酒对弈，或吟诗作画，留下了许多脍炙人口的诗篇、楹联和传世名画。

当年，刘鹗是从鹊华桥下泛舟，开始大明湖之游的。我总喜欢先到小沧浪亭，在镌有清代诗人刘凤诰所作、清代书法家铁保书写的“四面荷花三面柳，一城山色半城湖”的长廊下，欣赏湖光山色，体味楹联意境。我也常坐船到历下亭，站在这座清代重修的古亭院里，欣赏镌刻有唐代大诗人杜甫所作、清代书法家何绍基书写的“海右此亭古，济南名士多”的诗句；乾隆皇帝题写的“历下亭”御笔；名士阁门柱上镌刻的当代大文豪郭沫若撰写的楹联：“杨柳春风万方极乐，芙蕖秋月一片大明”。这些诗句、题字和楹联，是杜甫、乾隆、郭沫若游历大明湖、登临历下亭时即兴留下的。在大明湖，历代文人名士留下的这类文化遗迹随处可见。我喜欢南岸九曲亭附近一座清代光绪年间的庭院，20 世纪 60 年代这院改为稼轩祠后，郭沫若题写的楹联镌刻在正厅廊柱上：“铁板铜琶继东坡高唱大江东去，美芹悲黍冀南宋莫随鸿雁南

大明湖超然楼

飞”。26个字把南宋著名词人、济南籍的抗金将领辛弃疾豪放派的宋词风格和壮志未酬的爱国情怀写得鲜活形象，跃然眼前。

我还爱到大明湖的东北岸，游览南丰祠，每每看到“北宋一灯传作者，南丰两字数先生”的楹联，不由得想起940多年前的往事：唐宋八大家之一的曾巩任齐州知州时，在大明湖筑起了百花堤，把湖拦为西湖和东湖，以调节湖水，蓄水分洪；修建了北水门，引湖北泄，治好了济南水患。出南丰祠，穿过东北侧的竹径，有一座“藕神祠”，我喜欢祠门廊柱上镌刻的济南当代著名学者徐北文先生撰写的楹联：“是也非耶水中仙子荷花影，归去来兮宋代词宗才女魂。”该联灵动洒脱，恰切地表现了济南人对于犹如荷花仙子般超凡绝世的乡贤奇女李清照的尊崇与热爱。默读此联，仿佛看到：李清照当年吟诵着《如梦令》，坐船从大明湖“藕花深处”驶向岸边，“惊起一滩鸥鹭”。出祠向东，登上一个高台，是晏公台钟亭。铸于金代明昌年间、有800多年历史的8吨重齐鲁第一大钟，悬挂亭中，形成著名的“明昌晨钟”景观。钟亭亭柱上的楹联同为徐北文先生撰写：“金钟鸣处蛙声静，璧月升时客梦清。”上联蕴含着大明湖“蛙不叫”的独特生态和民间传说，下联意味深长，令人心明神静。

大明湖有独特的神韵。众泉汇流，湖纳百泉，“明湖汇波”四个字恰切地勾画了大明湖的特色。早在1400多年以前，北魏著名地理学家郦道元的《水经注·济水注》就有记载，泺水“北为大明湖”。“泺水”之源就是趵突泉。济南地势南高北低，大明湖位于城区的北部，城区趵突泉、黑虎泉、五龙潭、珍珠泉这四大泉群的水奔流不息，通过护城河与遍布街巷的沟渠汇入大明湖。因此，拥有源头活水的大明湖得天独厚，成为国内唯一天然泉水汇成的城中湖。数千年来，来自泰山山脉的地下潜流遇到黄河南岸花岗岩阻挡，形成的压力水头，在低洼的济南老城区滤成泉水，喷涌而出。泉水生生不息，明湖汇纳百泉，源头活水源源而来。大明湖这种特色早就被古人注意到了。元代初年，明湖东北隅就建有汇波楼，吸引了无数文人墨客登高，看明湖美景，赏汇波晚照。现在的汇波楼是战火中焚毁、建国后重修的，著名书画家刘海粟题写的“汇波晚照”金字匾额挂在楼上，笔力沉雄的金色大字透出的是一份庄严的气象。

我更喜欢到曲水亭街，顺着曲水河边、百花洲畔，慢慢地向北走，看珍珠泉、王府池子涌出的泉水注入大明湖，领略“家家泉水、户户垂杨”的风光。夏日，与家人泛舟大明湖，平静的湖面上，波光粼粼，涟漪层层，被木桨惊动的鲤鱼跳出水面，有的跃入船舱；小船进入荷叶丛中，水禽叽叽，彩蝶飞舞，犹如进入世外桃源，心情顿觉无比的愉悦和轻松。有一年初夏，我陪沪上的客人坐画舫从护城河驶入大明湖，恰遇一阵雷雨。透过游船窗户看湖，只见湖面浪遏飞舟，环湖如梦似幻，多少楼台烟雨中，不是江南，赛似江南。下船时，雨停了。登上超然楼，碧空如洗，明湖美景尽收眼底，尤其是东区的七桥风月、秋柳含烟、竹港清风、鸟啼绿荫等新景观，令曾游过大明湖的客人十分感慨："如果刘鹗活到今天，一定会触景生情，写《老残游记》续篇，把由园中湖变成了城中湖的大明湖介绍给更多读者。"

（2013年4月19日）

远近高低看舜山

济南的老城在历下区，老城的南门外有座千佛山，古称历山，历下因此得名。此山也叫舜山，相传大舜曾耕种于山下。这山虽然海拔只有 285 米，但很有灵气。远看，近看，仰看，俯看，各有各的韵味；春、夏、秋、冬，不同的季节有不同的景致。

我最喜欢到老城区的大明湖畔看千佛山。夏日，在明湖北岸的柳荫下，找个石凳坐下来，由近及远向南远眺，只见环湖的柳树像一个绿色的项链，湖面上的荷花含着晶莹的水珠散发出淡淡的芬芳，远处的千佛山如同一尊巨大的卧佛清晰可见。清代诗人刘凤诰当年在大明湖北岸的小沧浪上与书法家铁保饮酒对弈，欣赏湖光，远眺山色，触景生情，曾即兴吟出了“四面荷花三面柳，一城山色半城湖”的诗句，形象地勾勒出了千佛山给济南这座千年古城带来的无穷魅力。

如在夏日，雨后初霁、风平浪静之时到湖北岸看千佛山，凑巧还能看到“佛山倒影”。这景观在历代文人名士赞咏济南山水风光的诗词中有许多生动的描述，如明代历城知县张鹤鸣的“佛山影落镜湖秋，湖上看山翠欲流”，清代诗人钟廷瑛“轻桡更掠西湖去，日看千山倒影来”等，都是千佛山在大明湖中倒影的真实写照。如今，老城区虽然矗起了许多高楼，但大明湖和千佛山之间的风景视廊尚未完全遮没，夏日雷阵雨后，佛山倒影有时还可见到。

秋日，从济南老城区远眺千佛山，则是又一番不一样的感受。青松覆盖的山坡上点缀着鲜艳的红叶，在清晰的天际线的勾勒下，显得分外妖娆。晚清小说家刘鹗当年游历济南后，在小说《老残游记》中记述了远眺千佛山的印象：“梵宇僧楼，与那苍松翠柏，高下相间，红的火红，白的雪白，青的靛青，绿的碧绿，更有那一株半株的丹枫夹在里面，仿佛宋人赵千里的一幅大画，做了一架数十里长的屏风。”这描述实在是太形象太贴切了！一年四季，只要有闲暇，我总喜欢到大明湖北岸找个地方坐下来，静静地远望千佛山。“山色只宜远处看，竹香时向静中闻”，刻在大明湖东北岸南丰祠雨荷厅的这副由清代金石学家、书法家郭尚先撰写的楹联，真实地写出了我远赏舜山的感受。

我也喜欢晴天爬到半山腰，近看千佛山。从北麓进山后，在秦琼拴马的唐槐母子树前留个影，到唐槐亭中吹个野风歇歇脚；沿西侧的盘山道拾级而上，穿过“齐烟九点”牌坊继续向上，眼前云雾缭绕，山势陡峭，书有“云径禅关”四字的牌坊背后，一座姜黄色墙壁的寺庙坐落在山崖的阴侧。穿过这个牌坊，爬上最后几级台阶，就进入了佛门圣地——兴国禅寺的西门。

这座寺庙始建于隋开皇年间，当时称千佛寺。唐贞观年间经扩建，改为兴国禅寺。院门口的一副楹联，令我百看不厌。上联是“暮鼓晨钟惊醒世间名利客”，下联是“经声佛号唤回苦海梦迷人”。这副由清末济南秀才杨兆庆书写的楹联，虽饱经风霜，却历久弥新，闪烁着人生哲理的光辉。我每次进千佛山，总爱伫立在寺门前，默默诵读，似有缕缕清风掠

千佛山兴国禅寺

过心头。

进入寺院内，南北分别是钟楼和鼓楼，正面是坐东朝西的天王殿，殿内正中莲花座上供奉的是佛祖释迦牟尼。佛祖塑像背后，观音菩萨面东站立。天王殿正对面是大雄宝殿，大雄宝殿的北侧是玉佛殿，南侧是菩萨殿，分别供奉着释迦如来佛像、藏王菩萨、观世音菩萨等。缓步跨进一座座佛殿，袅袅香烟把人们带进了一个佛国世界。

兴国禅寺的南崖壁是著名的千佛崖，开凿于隋代开皇七年至二十年间。因岩镌佛，遍布山崖，舜山（历山）由此又叫千佛山。现存9个造像石窟，最早的雕像距今已有1400多年的历史，还有唐贞观年间的造像多尊。崖下的极乐洞、龙泉洞和黔娄洞里也有造像。看着这些遭受“文革”破坏幸存下来的石窟造像，更觉弥足珍贵，但愿这样的历史悲剧永不重演。

出兴国禅寺东门，爬上数十级陡直的台阶，便到了历山院，院上面就是舜祠。千佛山上有舜祠，最早见于南燕晏谟《三齐记》。北齐著名史家魏收代理齐州刺史时，曾登临历山，并题诗于舜祠墙壁。北宋著名文学家曾巩出任齐州知州时，在趵突泉畔建了历山堂和泺源堂，并撰写了《齐州二堂记》，考证大舜所耕之地就是这座历山。济南老城区南门里有一口舜井，舜井旁有一条舜井街，或许都是舜耕历山留下的印记。乾隆年间，学界泰斗阮元来任山东学政，他常登千佛山，作了《历山铭》，由古文字学家、书法家桂馥书丹上石。《历山铭》中有言道：“登此翠微，堂基戴石。岱麓分阴，妫田启陌。雷雨坐生，峰峦竞碧。”千佛山的迷人山色和文化底蕴跃然石上。近处看千佛山，一步一景，处处古迹，几乎从一块石头，就可以触摸到济南这座千年古城的悠久历史。

我还喜欢爬到山顶，登高看千佛山。尤其是秋天，天高云淡，是济南一年中天气最好的季节。重阳节前后，传统的千佛山山会举办时，到这里登高望远，不仅可以体验济南特有的民俗风情，品味当地山里的特产山楂、核桃和大合柿等，还可享受在徐徐秋风吹拂下登高望远的惬意。

登上山顶的望岱亭，向南眺望，青山绵延起伏，泰岱隐约可见。千佛山是泰山山脉的余脉，济南老城百花洲东侧有一条岱宗街，足见千佛山与济南、与泰山的亲缘关系是多么近。从望岱亭向北瞭望，近处的大明湖犹如一面明镜，在老城里熠熠闪亮；远处的黄河像一条玉带，拐了几道弯后向东流去；元代画家赵孟頫笔下《鹊华秋色图》中描绘的鹊山、华山以及周围的其他七座山头，在淡淡的白云中时隐时现，呈现出“齐烟九点”的独特景观。

登高赏千佛山，不仅泉城美景尽收眼底，更令我感悟到苍穹伟大和人之渺小，内心有种远离尘世的宁静……

（2013年3月25日）

泛舟护城河

乘船游济南护城河，领略到的是一个别样的泉城。

第一次环城舟游是前年八月中旬，陪同来济讲学的北大曹风岐教授夫妇。我们从琵琶桥船站登上一艘画舫，刚落座，雨丝悄然飘落，雨中老城，分外宁静。船在朦胧的细雨中向西前行，雨点溅起点点白色水花，河面升起薄薄轻雾，两岸的亭阁、垂柳、游人在水中若隐若现，宛若仙境。

船过坤顺门桥后，一团绿意映入眼帘，岸边的柳树纤尘不染，绿得醉人。来自趵突泉泉群的汩汩清泉，从西岸的石隙间流入河中，水声潺潺，如闻仙乐。

拐弯北行，画舫穿过西门桥，河西岸原生态的景色吸引了曹教授：河面与西岸一般高，西侧河岸不用石头砌垒，奇石、垂柳顺势绵延到河里，好一派水在林中流、树在水中长的独特景观。最吸引人的是五龙潭公园西侧的泉水瀑布，在雨幕中更觉浑然天成，气势磅礴。平时我常与老妻到这里赏泉，

护城河

对碧潭如镜、望穿秋水、龙潭观鱼的意境十分喜爱，却没想到雨中乘船观赏，意境更佳。护城河如同镶在古城济南颈上的一条绿色项链，五龙潭好像是系在这条项链上的一块碧玉，晶莹剔透，美不胜收。

船驶过五龙潭船闸继续向北，向右一拐，穿过拱形的烟波桥，忽觉眼前豁然开朗，到了烟波浩渺的大明湖。盛夏雨中的大明湖，杨柳依依，烟雨蒙蒙，水天一色，水鸟啾啾，荷花吐艳，令人陶醉。

船到北极阁，雨停了，太阳又露出了笑脸。我们上岸向南远眺，千佛山清晰可见，山青水绿，垂柳环湖，呈现出“四面荷花三面柳，一城山色半城湖”的秀丽景色。游历过许多名山大川的曹教授触景生情，连声赞叹泉城风光之秀气。而我这

“鲁籍沪人”，也不禁为扩建后的大明湖感到惊艳和自豪。

第二次环城舟游是去年十月上旬，我和老妻陪长沙的亲家母，还是从琵琶桥西侧上船，一路西行。这天，习习凉风透过画舫窗户吹进来，顿觉神清气爽，十分惬意。此时正是泉水丰水期，众泉汇流到护城河里，水势大，水位高，南门两侧的河面尤显开阔。透过船窗向外看，河水清澈见底，画舫前行中不断激起朵朵浪花、层层涟漪，但始终没泥沙泛起。河底沙石中的小泉眼不时冒出串串水泡，忽聚忽散，忽高忽低，如粒粒珍珠，玲珑剔透；绿茵茵的水草，鲜嫩鲜嫩的，秀色可餐；鱼翔浅底，水禽叽叽，两岸的柳枝垂拂到水面上，婆娑的倒影，亦真亦幻，婀娜多姿。在水乡汨罗长大的亲家母大发感慨：“从来没有见过这么清的河水。”我告诉她，济南护城河里的水是由黑虎泉、趵突泉、五龙潭三大泉群喷出来的水汇流而成的，是一条泉水河，所以清澈得天下少见。

画舫沿河汊纵横、拱桥似鹋、亭台错落的大明湖新景区前行，穿过鹊华桥，驶入小东湖，向南拐进东护城河。这里更是潇洒似江南：河两岸有 3 米左右的实木栈道，从船上看栈道是一道好风景，从栈道上看河也是一道好风景。船驶入东护城河中段，东侧是一个小型的湿地公园，亭台水榭，依水而建，一棵棵垂柳生在水中，两个水车不停地转动，车斗翻滚起朵朵水花，孩子们挽起裤腿在尽情地戏水玩耍，整个护城河充满着动感。

第三次坐船游护城河是初冬的一个晚上，我陪沪上从事城市形象传播研究的大学教授戴元光、褚云茂等环城舟游看夜景。

夜幕下泛舟护城河，两岸都是霓虹灯、联机灯勾勒出来的河岸、桥洞、亭台楼阁，水光交映，流光溢彩，恍若童话世界的神奇仙境。内侧河岸的石壁上，一幅幅刻有济南历史人文故事的精美浮雕，在射灯的照耀下熠熠生辉。当画舫穿过南门桥、坤顺门桥、西门桥，返回到解放阁下、黑虎泉边时，这座千年古城的历史厚重感一直萦绕在我的心头。每穿过一座桥洞，都仿佛穿过了一个时光隧道，犹如在触摸济南的一段历史。茫茫夜色，遮不住这座千年古城的历史风貌，一个个历代济南名人仿佛浮现在我的眼前：任过 3 年济南相的曹操，当过齐州知州、修了大明湖北水门、治好了济南水患、有“唐宋八大家”美誉的曾巩，生于济南、曾在漱玉泉边梳洗吟诗的宋代著名女词人李清照，与李清照一起被誉为“济南二安”的南宋著名文学家辛弃疾，游历济南后写下小说《老残游记》、为济南留下“家家泉水、户户垂杨”美誉的晚清小说家刘鹗……虽然济南老城的城墙已无影踪，但有护城河，有这么多的济南历代名人名士，有鞭指巷、曲水亭、将军庙街等老街巷，历史文脉还在传承。

乘船环城游济南，美。美在秀色，美在文化。不同的季节，不同的时间，每次乘船赏泉城，见的是一幅幅不同的画，听到的是一曲曲不同的歌，吟诵的是一首首不同的诗。

（2012 年 3 月 4 日）

松风竹影四门塔

我第一次听说四门塔，始自柬埔寨王国前国王诺罗敦·西哈努克亲王的来访。1972年，我在济南老城区的一所中学教书。6月底，学校通知说，今年暑期不放假，带领学生演练欢迎外宾仪式，9月份柬埔寨首相西哈努克亲王访问济南，届时师生们要去夹道欢迎。同时得知，西哈努克亲王要朝拜四门塔。我知道，亲王年轻时深受佛教文化熏陶，还按柬埔寨传统曾经出过家。他要朝拜四门塔，足见这塔在佛教界的影响。从此，四门塔开始入驻我这个大学毕业后刚来济南的江南游子心中。但那时“文革”还在进行，四门塔不对国人开放，又没有长途汽车相通，我手头也拮据，所以只能是高山仰止，景行行止，虽不能至，然心向往之了。

我第一次看四门塔是1978年11月初，作为山东省教育工作会议的工作人员，随与会人员去参观。早饭后，我们乘坐大巴出发，32公里的路程走了近两个小时，到四门塔快10点了，这还要感谢西哈努克亲王，要不是六年前为准备迎接他抢修了进山的公路，我们还不知几点能到。当时四门塔仍处于关闭状态，没有导游这一说，只有自己看，由于中午还要赶回市区用餐，只好走马观花。珍贵的文物古迹看得太匆忙，美好的自然风光却给我留下了深刻的第一印象。11 月初在济南市区已是“无边落木萧萧下”的季节，但在四门塔这个山洼里却阳光和煦，温暖如春，山风夹着苍松翠柏特有的清香徐徐袭来，令人神清气爽。塔西部的一个小山洼里，还有一

四门塔

大片茂密的竹林，面积超过百亩，号称“江北第一竹林”，是柳埠国家森林公园的一部分。济南七十二名泉之一的“涌泉”就在竹林深处的山坡上。喷涌不息的泉水注满泉池后，缓缓溢出池外，涓涓淌入林中。这里地处泰山东北背阴处，属季风气候，山陵地形。充沛的雨量，湿润温暖的小气候，使这片竹林在初冬时节依然竹叶青翠。在竹径中穿行，我仿佛回到了故乡，回到了童年，小时候与小伙伴在村后竹林中爬竹竿、捉迷藏的情景霎时浮现在眼前。纤尘不染的空气，潺潺流淌的山泉，鲜艳芬芳的野花，如入世外桃源，不是江南，胜似江南。

我第一次细细地欣赏四门塔的文物古迹，是在 2003 年一个初春。因公路修得远比过去平坦顺畅，早饭后从济南乘汽车五十来分钟就到了四门塔。沿着松柏覆盖的石头台阶拾级而上，首先来到四门塔的南侧。四门塔坐北朝南，背靠青龙山，面向一片辽阔的梯田。这座古塔建于隋朝大业七年（611），即公元 611 年，距今已有 1400 多年的历史，是目前中国现存最古老的单层亭阁式石塔。早在 1961 年，就被国务院确定为国家级重点文物保护单位。1972 年修缮时曾在塔心柱发现舍利，比轰动海内外的西安法门寺发现舍利子早 15 年，只是由于当时正值“文革”，这一重大发现不作报道，以致鲜为人知。

四门塔呈平面四方形，造型非常简洁。四个面上有四个门，四门塔因此而得名。四门塔用当地的坚硬青石雕琢而成，历经千年风雨仍未被风化，不仅在佛教界弥足珍贵，而且是我国古代石质建筑的典范之作。瞻仰着这座古塔，我不禁想起了我国著名建筑大师梁思成先生。1936 年 6 月，在河南考察洛阳的龙门石窟、开封的繁塔、铁塔等古迹之后，35 岁的梁思成和 32 岁的林徽因夫妇从开封到济南，一下火车便步行直奔位于南部山区的四门塔。实地考察后，梁思成得出这样一个结论：“中国古塔，是在其传统多层结构之上覆以印度窣堵坡样式的有趣结合。神通寺四门塔是这种融合样式最早和最简洁的实例之一。它在中国古塔的演进过程中具有极其重要的地位。”从此，四门塔进入了梁思成先生所著的《中国建筑史》，在中国建筑史上占据一席之地。

四门塔四个门内的平台上，各有一尊 1.4 米高的石佛。据佛经记载，世界分为四个方位，每一个方位都有一个大智大勇的佛掌管。四门塔的佛像正是按这一记载布置的。南门内的佛叫南方欢喜世界保生佛，西门内的佛叫西方极乐世界无量寿佛，北门内的佛叫北方莲花世界微妙声佛，东门内的佛叫东方香积世界阿閦佛。这四尊佛像凿刻于东魏武定二年，即公元 544 年，比四门塔还早 60 多年，是宝贵的佛教文化珍品。我注视着阿閦佛颈部的一道裂缝，不由得想起一段既令人心痛又让人感动的往事。1997 年 3 月，四门塔东门内阿閦佛的佛首被不法分子盗走，几经辗转，经香港流落到台湾。法鼓山佛教创始人圣严法师获知后，主动赎回，归还大陆。2002 年 12 月 15 日，在欢送佛首回归济南的仪式上，圣严法师表示，两岸同文同种，基于饮水思源的道理，这尊佛首出自中国大陆，就应该回到那里。我凝视着流失境外5年后回归故里的阿閦佛，禁不住对佛学大师圣严法师敬仰不已。

四门塔的北面有一棵“九顶柏”，因主干上长出九根粗大的树枝而得名。这棵植于隋代的千岁柏，不仅至今仍枝繁叶茂、郁郁葱葱，而且还有许多美妙的传说。据传当年隋炀帝杨广做皇帝前曾在这棵树下许愿要当上皇帝，后来果然灵验。如今，许多游人和周围村民都喜欢在这棵古柏前许愿，期盼自己好梦成真。

离开九顶柏，沿山坡西北侧的小道下到山谷中，一座巨大的石碾盘十分引人注目。碾盘直径6米，碾砣重10.8吨，有“天下第一碾”之美誉。1600多年前，来自京兆的高僧朗公在这里建了朗公寺，亲自做过主持，僧人最多时曾超过500多人，成为当时齐鲁大地上的佛教中心。隋开皇三年，被隋文帝杨坚改名为神通寺。这个大碾盘就是当年专供众多僧人碾米用的。清末一把大火，神通寺化为灰烬，但院外众多珍贵的文化古迹安然无恙。

过了碾盘向西走，有座砖石结构的古塔，塔基塔身始建于唐代，而塔顶则建于宋代，为砖砌重檐。塔高约10.8米，塔身的四个面是四块长方形的石板，雕有龙和虎等图案，故名龙虎塔。塔身上所有的雕刻均栩栩如生，展示出与四门塔不同时代的建筑风格与石雕艺术风格。龙虎塔西边的墓塔林，是金代以后神通寺历代高僧的墓地，现存墓塔46座、墓碑15座，是全国现存规模较大的石塔林。其中元代泰定三年“清惠明德大师敬公山主寿塔”、明代嘉靖五年“成公山主塔”，呈现汉代阙式风格，为我国现存石塔墓林中仅见，深受考古专家重视。

出塔林，沿白虎山腰间小道向南走，是千佛崖造像。整个千佛崖南北跨度达 65 米，高数十米，有大小窟龛 100 多个、神态各异的佛像 210 多尊，大都是唐朝初期 60 多年中贵族、民众、僧侣为父母、兄妹、儿女“祈福”而造。1988 年，同龙虎塔一起被列为国家级重点文物保护单位。其中一尊高约 1 米、脸庞丰腴秀丽的佛像，是唐太宗李世民第三女为其父亲祈福增寿而刻。千佛崖的石刻造像大都造型富态、慈眉善目、生动传神，给人美的享受，是研究隋唐文化和石刻艺术的宝贵文化遗产。

离开四门塔时，已近黄昏。此时，暮色氤氲，梵音袅袅，古塔松风，令我陶醉。这里朴实无华，我从心里喜欢。近十年几乎年年都来，因为大气磅礴、富丽堂皇的景观固然能给人以视觉的冲击和心灵的震撼，但像这样简约质朴、原汁原味、没有人头攒动商业化喧嚣的人文自然景观，更能唤起和熏陶人们内心的清静和慈悲。

（2013 年 6 月 21 日）

古刹梵音灵岩幽

在泰山主峰西北 20 公里处的长清区万德镇，有一座海拔 680 米的高山。山顶不圆不尖呈方形，故称方山；从远处看，山顶部的外形又像一个古代的方纽官印，故又叫玉符山。南麓一个山清水秀的山坳里，有一座灵岩寺。从唐代起，灵岩寺就与浙江天台的国清寺、湖北江陵的玉泉寺、江苏南京的栖霞寺并称为“舆内四绝”，被誉为“海内四大名刹”之一，且名列其首。

5 月的一天早晨，我乘汽车从济南出发，一个小时略多就到了灵岩寺。从寺外檀园的平台上向北远眺，满目苍峦叠翠，钟灵毓秀，空气中纤尘不染。一座米黄色塔墙与灰色塔檐相间的古塔，在葱茏的方山映衬下，显得分外庄重典雅。这里是泰山的十二支脉之一，地处泰山背阴处，气温低，春天来得要比济南市区晚个把月。5 月份，当大明湖的柳树已经成荫时，灵岩的树木才吐出新芽，特别嫩绿，苍翠欲滴，山色独特。恰如元代诗人董博宵所赞咏的："灵岩奇异出尘寰，压尽江南万重山。"记得22年前的一个春天，我作为上海《文汇报》在山东的特邀记者，陪同时任《文汇报》总编辑的张启承先生和副总编辑石俊升先生游览过灵岩寺。两位先生当时均为首次游灵岩，对这里景致之幽雅印象特别深，连连感慨："没想到灵岩寺这么幽雅，怪不得明代文学家王世贞对这里有'泰山背最幽绝处，游泰山而不至灵岩不成游也'的评价。"

灵岩寺四季皆宜游览。夏天，这里浓荫蔽日，凉气袭人，是避暑的好去处。如遇雨天，绵延起伏的方山上烟雨蒙蒙，置身其间，清凉惬意，如入人间仙境。在这里避暑，凉而爽，不像在海边那么潮湿。深秋的灵岩寺，景色独特，夹在苍松翠柏之中的五角枫、黄栌、柿子树等树叶，被霜打之后，有的变红，有的变黄，满山遍野，绿的墨绿，红的火红，黄的金黄，构成了一幅色彩斑斓的图画。灵岩寺的冬天，常常白雪皑皑，银装素裹，惟余莽莽，此时进山，在梵音袅袅中赏雪，犹如进入了一个空灵的世界，心灵也仿佛会得到净化。

灵岩寺的自然风光令人陶醉，人文古迹更加诱人流连忘返。据史料记载，灵岩寺始建于东晋，距今已有1600多年的历史。现为世界自然与文化遗产泰山的重要组成部分。山上山下，寺内寺外，珍贵的文物古迹、千年古松随处可见，连一棵树、一块石头，都有着许多美丽的传说。

寺院广场东侧的山崖峭壁上，有一处"御碑崖"，乾隆帝的八块御碑镌刻在这里。据记载，当年乾隆皇帝对灵岩寺情有独钟，巡游途中先后 8 次驻跸于灵岩寺，留下了众多题诗御碑，至今保存较为完好的还有 26 座。

进入第一道山门金刚殿，乾隆的御笔“灵岩寺”三个大字镌刻在檐内门框上方。在第二道山门大雄宝殿的西侧，有两棵柿子树长在唐代摩顶松的树干上，松冠繁茂，形似如意。柿子树能吸收到丰富的养分，年年都结出累累果实。每到深

灵岩寺辟支塔

秋，红彤彤的柿子挂在绿莹莹的柏树上，形成“柏柿如一”景观，意蕴为“百事如意”，深受僧人和游客青睐。

大雄宝殿背后东侧，有一棵两千多年的汉柏，在此向东瞭望，只见迎面山峰上有一块奇石，形如一位老僧，拄着禅杖，披着袈裟。“老僧”身石后的松柏，活像正在跟随老僧诵经的弟子。陪同我的当地友人介绍说，这叫朗公石。相传东晋时的高僧朗公在泰山建起第一座佛教寺庙后，常云游到方山聚众讲经。讲到妙处，有一个小和尚恍然有悟，情不自禁地说：“你把石头都说得点头称是了！”众僧向山上望去，果然见一块形似老汉的石头频频点头。朗公感慨地说，方山的石头也有灵性。于是，在这里也建了寺庙，灵岩寺因此而得名，方山也被叫成灵岩山，那块奇石则被称为“朗公石”。

在汉柏和多棵千年古松环绕中，一座单檐庑殿顶、斗拱式建筑映入我的眼帘。这是千佛殿，由唐代高僧惠崇始建，宋代扩修，是灵岩寺中保存最完好、规模最宏大的主体建筑。进入殿中，只见中间长方形须弥座上有阿弥陀佛等三尊大佛，周围墙上有数千尊铜铸和木雕小佛，故名“千佛殿”。

最令人称奇的是千佛殿内四周靠墙的四十尊彩色罗汉泥塑，塑的是寺内四十位高僧的形象，大小高矮都与真人一般，个个造型逼真，神态生动，口目传情，呼之欲出。他们有的似在凝目沉思，有的似在高谈阔论，有的似在洗耳恭听，还有的似在激烈辩论，一尊罗汉脖子上的青筋都暴出来了，或许是因为辩不过旁边那一位而愤怒所致……这些彩塑中，32

尊塑于宋英宗治平三年即 1066 年，距今已有 1047 年，仍保存完好，因先人用的是雄黄、朱砂等矿物质染料，至今连皮肤、筋脉、嘴唇等的颜色依然还是那么逼真，是研究古代雕塑和佛教文化的珍贵实物，也是我国泥塑遗存的艺术瑰宝。清末著名学者梁启超曾题词称赞灵岩寺泥塑是“海内第一名塑”。当代艺术大师刘海粟则赞誉：“灵岩名塑，天下第一，有血有肉，活灵活现。”幸运的是，“文革”破“四旧”时，这里有部队驻扎，彩塑和寺院未受损坏。

出千佛殿，经过御书阁向西，一座古塔在青松的簇拥下昂然挺立。这塔叫辟支塔，“辟支”来源于梵语“辟之迦佛陀”，简称为“辟支佛”，辟支塔的名字由此演化而来。这座高 56 米、八角九级十二檐的阁楼式砖塔，始建于宋淳化五年（994），先后花了 63 年才建成。塔基上镌刻的古印度孔雀王朝阿育王皈依佛门的故事浮雕，至今依然非常清晰。塔身为青砖砌筑，塔檐自下而上逐层递减，独具一格，特别典雅。塔顶为铁质塔刹，直插云霄，既起到牵引加固作用，也是装饰，还可避雷。先人设计之巧妙，构思之新颖，施工之精细，造型之典雅，令后人叹服。曾在济南任过两年齐州知州的北宋著名文学家曾巩，用“法定禅房临峭谷，辟支灵塔冠层峦”的诗句，赞咏灵岩寺的这座标志性建筑。

从辟支塔向西穿过一片松林，就到了墓塔林。这里坡陡向阳，环境幽雅，167 座石质墓塔被苍翠的松柏覆盖其间。墓塔大都由塔座、塔身、塔刹构成，呈方形、圆形、八角形。塔身大小、高低、造型各不相同，标志着僧人在世时香火的旺盛度，每座塔身上都刻有僧人的法名和建塔年号。灵岩寺建寺起从北魏到唐、宋、元、明，历代 167 名高僧圆寂之后皆安葬于此。半数墓塔旁竖有墓碑，记载着高僧的经历，与寺内御书阁等处的历代名人石刻等古迹一起，成为记载灵岩寺历史沿革、研究我国佛教发展史的珍贵文化遗产。灵岩寺的墓塔数量仅次于嵩山少林寺，但少林寺是砖塔，灵岩寺则都是石塔，在全国的石塔林中堪称第一。20 世纪 80 年代初走红一时的电视连续剧《武松》中的武打场面，就是在灵岩寺墓塔林取景拍摄的。

离开墓塔林时，斜阳如血，随着一阵鼓声响起，诵经声、木鱼声轻轻传来，声声入耳。寺内有 15 名僧人，每天早上五点、下午四点半两次做课诵经。晨钟暮鼓响起时，幽静的山谷中梵音缭绕，千年古刹展示出独特的生机与魅力。

（2013 年 5 月 22 日）

清照故里赏名泉

从泉城济南向东50公里处，有一个泉水汇集的小城——章丘市明水城。这里是宋代杰出女词人李清照的故里，因拥有百脉泉、东麻湾泉、西麻湾泉、墨泉、龙泉、梅花泉等二十多处名泉和无数无名涌泉而被誉为“小泉城”。明水貌如其名，名泉密布，水木明瑟：东麻湾泉汇成湖，西麻湾泉流成河，湖河环绕明水城，不是江南，胜似江南。“小泉城”的精华在百脉泉公园。7月的一天早晨，我从济南市区驱车不到一个小时，便来到百脉泉公园赏泉。

一踏进公园大门，就仿佛进入了一个泉水世界。一片辽阔的水面上，无数状如白珍珠的晶莹水泡从湖底的沙层中涌出，这是无数眼涌泉在向上升腾。在湖的西南处，有一处喷势强劲、水涌若轮的泉，叫作龙泉。这水面叫明水湖，又被誉称为万泉湖。环湖绿树成荫，柳枝拂水；湖面烟波浩淼，水禽嬉戏；望眼湖底，明净似镜，清可鉴人。

沿湖北行，两岸溪水潺潺，水草茵茵。经过汇泉阁，在龙泉寺小广场西南侧，有一个四边各 2.2 米、用汉白玉护栏围着的方形泉池，叫作墨泉。泉口是直径 0.4 米的黑色铸铁管，清澈透明的泉水在铁管的映衬下，黝黑如墨，墨泉由此得名。相传当代大书法家舒同在此居住时，曾以此泉涮洗笔墨，故墨泉的得名又与此传说相关。这泉以磅礴的气势，从 150 米的深处喷涌而出，涌水量最大时达到每秒 1 立方米，泉头大如车轮，形似碧玉，腾空跃出水面，喷势之壮观、形态之奇特，令人震撼。丰水期每天从墨泉涌出的泉水多达 86400 立方米，故有“一泉成河”之美誉。

从墨泉向东北走 30 米，穿过龙泉寺，就到了百脉泉。百脉泉因百泉俱出而得名。北魏《水经注》对此有记载：“（泉）出土鼓县故城西，水源方百步，百泉俱出，故谓之百脉水。”“土鼓”是章丘的古名，今明水城即为当时的土鼓县城，新中国成立后又成为章丘县城。百脉泉的泉池呈“品”字形，历史上是县府驻地。20 世纪 80 年代末期，当地主政者下决心还景于民，把县直机关迁出泉区，将这里辟为公园。曾主政过章丘的全国著名书法家舒同先生得知后甚为高兴，欣然题写了“百脉泉公园”五个遒劲大字。

百脉泉与趵突泉是姊妹泉，元代著名地理学家于钦在所著的《齐乘·卷二·济南水》中写道：“盖历下众泉，皆岱阴伏流所发，西则趵突为魁，东则百脉为冠”。

百脉泉乍一看没有趵突泉那样雍容华贵、那样气势磅礴，但细细看来却特别灵动：泉水自池底无数脉孔中涌出，腾起串串水泡，忽急忽缓，忽聚忽散，竞相涌上水面，状如滚动的珍珠，玲珑剔透，美不胜收；满池锦鲤，优雅游弋在清澈的泉水中。在此观鱼，胜过西湖花港。百脉胜景，遐迩闻名，引得历代众多文人墨客前来吟诗作画。嘉靖三十七年（1558），明代文坛领袖、“后七子”之一的著名文学家和史学家王世贞来到明水，用“嘉泉灵沼向齐称，百道清淙地底腾。炯炯骊珠过夜色，盈盈鲛泪夺秋澄”的诗句，形象地描绘出了百脉泉的灵动神奇。《聊斋志异》的作者蒲松龄，康熙二十五年（1686）曾第二次来章丘，与才任淄川知县的张嵋来拜访时任章丘知县的钟运泰，三人同游百脉泉。张嵋触景生情，蒲松龄和之作七律《和张邑侯过明水之作》：“楼台近接绣河阳，菱荷风来水气香。黄鸟时鸣杨柳院，清流常绕稻荷乡。僧房窜鼠松云冷，苔径无人鹿迹荒。乍有高轩来系马，惊鸥飞去不成行。”楼台、绣江河、菱荷、杨柳、清流、稻荷、僧房、高轩、惊鸥……一首诗生动直观地描绘出了明水的水乡风光。

百脉泉池的东侧是绣江河。这是章丘的母亲河，源头就是百脉泉泉群，真乃“为有源头活水来”。千百年来，喷涌不息的百脉泉，为绣江河源源不断地输送着清冽甘甜的泉水，养育了一方百姓，明水因泉而生，章丘因水而兴。

沿着杨柳依依、水草茵茵、秀色可餐的绣江河头北行不远，是一座仿宋代风格的院落——李清照故居。此院建成于

1997年。院门前有一座方碑，叫“廉先生序碑”，碑文是宋代著名文学家、李清照的父亲李格非所撰。主要内容是悼念李格非的莫逆之交、德高学博、一生客居章丘的河南籍隐士廉复先生的。碑文的末尾署名为：“元丰八年九月十三日绣江李格非文叔序”。“元丰八年（1085）”是李清照出生的第二年，“文叔”是李格非的字，“绣江”是章丘的绣江河。关于李清照的籍贯，学术界持有济南历城和济南章丘的不同说法。此碑文的署名和碑上李格非侄子李迥的跋语，成为李清照籍贯为章丘一说的重要依据。李清照这位才华横溢的女词人，一生经历了国破、家亡、丧夫的打击，四处颠沛流离，在济南、汴京、青州、金华都居住过，写下了许多深沉婉约、脍炙人口的传世词作，在中国文学史上独树一帜。当今，济南市历下、章丘和青州、金华四地，都建有李清照纪念馆。

跨进院门，瞻仰了李清照铜像后，一个长方形的湖映入眼帘。这湖，面积有2600多平方米。湖心东侧水面上有5团水球在喷涌翻滚，状如一朵盛开的梅花，名曰梅花泉。这是钻孔喷泉，泉孔深达250米，盛水期泉水喷出水面高达数尺，波涛鼎沸，声震明水，令人震撼。

清照故里百泉涌。百脉泉泉群是大自然赐予的“天下奇观”。它虽与趵突泉泉群的成因大致相同，但由于岩层断裂带相阻隔，不属同一水系，周边的地质构造也不尽相同。章丘南部山地北缘与明水之南是蕴藏有煤层的多种可溶性岩层，利于泰山山脉的潜流快速通畅地向北流动，经黄河南不透水的花岗岩阻挡，形成压力水头，在低洼的明水地区喷涌而出，形成泉群。由于地下有煤，历史上就出现过因私采乱挖导致百脉泉干涸的教训。1999 年 6 月初，因连续 3 年严重干旱，加上煤矿过度开采，百脉泉泉群水位迅速下降，有的泉池几近干涸。城不在大，有泉则灵，有水则秀。明水城失去了泉水就没有了灵气。沉痛的教训使当地主政者痛下决心，宁可牺牲一些 GDP 也要保泉，在问计于省内外水文地质专家后，

百脉泉公园一隅

关停了泉水源头的23处小煤矿，对泉水补给区的10个小流域进行了综合治理和深度绿化，加大了涵养水源的力度。新千年不久的金秋，百脉泉泉群终于苏醒。当我欣赏着眼前这来之不易、千姿百态的泉水奇观时，不由得感慨系之：大自然虽有神奇的力量，但也非常脆弱；泉水与其他世界自然文化遗产一样，只有遵循自然规律倍加呵护，才能风采依旧、奇观长存，世世代代惠及百姓。

出公园西门步入百脉泉广场时，天下起了大雨，济南进入了雨季。赏泉最佳时，相约在秋季。经过雨季的蓄积，每年9月、10月份是济南各大泉群最灵动最好看的季节。届时，我一定携家人再来明水，领略“小泉城”的独特风韵。

（2013年7月23日）

金秋十月到济南

“济南的秋天是诗境的。”

“这个诗意秋光秋色是济南独有的。”

这是著名文学家老舍先生八十多年前在《济南的秋天》一文中所描述和抒发的。如今，济南的秋天依然那样富有诗境，秋光秋色愈发迷人。

济南秋天的诗境在泉水中。济南的泉水春夏秋冬呈现出不同的诗情画意，但秋天赏泉最有韵味。济南南依泰山，北临黄河，地势南高北低，来自泰山山脉的雨水渗入地下，形成裂隙岩溶水，顺势向北向西潜流，到黄河南岸被坚硬不透水的辉长岩体堵截，形成压力水头，在低洼的济南老城区、明水、洪范等地喷涌而出。经过夏天一个雨季的积蓄，秋天，济南泉水是一年中最好看的时候：喷势大，水位高，清澈，灵动。

秋天的趵突泉池，三股水的喷势特别壮观。恰如元代著名书画家赵孟頫所描绘的：“云雾润蒸华不注，波涛声震大明湖。”秋天的黑虎泉也是最富诗意的：高崖下有一深潭，清冽澄澈，旁为一方池，有3个石雕虎头，泉水从虎嘴里喷涌而出，犹如万斛珍珠流泻，喷吐入池，再流入护城河。其状如明代诗人刘敕所描写的：“悬崖之下碧潭深，潭上悬崖欲几寻。石激湍声成虎吼，泉涌清响作龙吟。”至于墨泉和梅花泉，秋天的喷势比趵突泉、黑虎泉还要壮观。

济南的泉水四季都很清澈、灵动，秋季尤佳。济南的泉水是经碳酸盐岩层裂隙过滤，悬浮颗粒物少，水质好；泉池底部是沙石，淤泥少，秋天又少雨，不易被冲浑。故济南秋天的泉水更是碧潭如镜，清可鉴人。曾在济南任齐州知州的北宋文学家曾巩当年一走近趵突泉泉池，就对泉水清如明镜、涌如转轮印象深刻，写下了“已觉路旁行似镜，最怜沙际涌如轮”的诗句。明代诗人刘敕则用“澄色千年可洗心”的诗句赞美黑虎泉水清无杂质、赏心悦目。如有时间多转转看看，就会发现，济南七十二名泉和无数无名涌泉哪有不清的?

赏完黑虎泉后，从游船码头上船，在众泉汇流而成的护城河里经大明湖环城游一圈，河水清澈见底，倒影清晰可见，风光潇洒似江南；沿途下船到趵突泉的无忧泉，五龙潭的古温泉、醴泉、江家池边坐下来，慢慢赏，那望穿秋水、秋波频频的意境，不身临其境是难以领略到的。秋天的百脉泉、珍珠泉，更是千姿百态：只见串串水泡、粒粒珍珠，从泉池深处冒出来，如清代学者王昶所描述的那样：“泉从沙际出，忽聚忽散，忽断忽续，忽急忽缓，日映之，大者为珠，小者为玑，皆自底以达于面。”如在泉池边一跺脚，泉池底部急速冒出的珍珠水泡会更加玲珑剔透、多姿多彩。我很多友人秋天到济南看了泉水后，发出了“济南归来不看水”的感慨。

济南秋天的诗境在红叶中。济南南部山区的土质最适宜红叶的生长，故济南的红叶分布广，面积大，品种多。济南青山入城，南部多山，有山的地方，几乎都有红叶，但景色各不相同。

近处，千佛山、四里山、佛峪、龙洞等地的红叶，掩映在

济南红叶谷

漫山遍野的苍松翠柏之中，呈现出万绿丛中一点红、一片红的景致。晚清小说家刘鹗曾描写道：“只见对面千佛山上，梵宇僧楼，与那苍岭翠柏，高下相间，红的火红，白的雪白，青的靛青，绿的碧绿，更有那一株半株的丹枫夹在里面，仿佛宋人赵千里的一幅大画，做了十里长的屏风。”

赏红叶最出名的地方是红叶谷。红叶谷距市区约 33 公里，乘车半个多小时就可到达。10 月中旬，下霜之后，是到红叶谷赏红叶的最佳时光。我去过几次，看不够。每次进门后，先从绚秋湖畔向南远眺，只见万山红遍，层林尽染，红叶和青松环绕的万叶塔耸立在山峦间，倒影在清清的湖水中，红叶、青松、柳树、湖水交相辉映，顿觉人像在画中一样。沿环秀路、欧洲风情谷，到情人谷，或坐电瓶车，或步行，边走边看，红叶似火，如诗如画。近看，叶如卵形、倒卵形的黄栌，穿插其间的五角枫，叶态优雅，色彩斑斓，浅黄、深黄、嫣红……多姿多彩的红叶给萧瑟的深秋平添了独有的精彩。更奇妙的是，无论向前看还是回头看，哪个角度都可看到无边无际的红叶，4000 多亩黄栌，红透了远近的山，染红了山后的天，映红了山涧的水。那壮观、那热烈、那绚丽、那灿烂，令人震撼不已、心潮激荡。可惜这样的诗境在老舍先生居住济南的年代还没有。否则，先生一定会写进他脍炙人口的《济南的秋天》中，让更多的读者分享有红叶的济南的秋色之美。我在沪上的多位朋友看了红叶谷后，几乎众口一词：济南的红叶比香山红叶还好看！

类似红叶谷的地方在济南还有很多，莲台山、凤凰岭、丁家峪、蟠龙山、三王峪等地的红叶，也蔚为壮观，姿态各异。去年秋天，与家人到丁家峪呆了大半天。这里一座座青山中有大片大片的红叶，但有着与红叶谷不一样的情调。蓝天、白云、青山、红叶，环境是那么自然，没有旅游景点那种人工雕凿的痕迹，溢淌着原生态的美；没有都市的喧嚣尘土和

南山红叶

景点的川流不息，周围是那么的幽静，如入人间仙境。沿着苍松翠柏中的蜿蜒小道，歇歇停停，登上山顶，饱览远处红叶的壮美景色之后，时到中午，在山腰间的梯田上找棵大树，地上铺上垫子，一边休憩聊天，一边吃着自带的啤酒、熟食，一边观赏红、黄、绿相间的斑斓秋色；清新的空气中带有丝丝清香，天高云淡，碧空如洗，有远离尘世的宁静。我想，当年赵孟頫先生或许是因为这穷乡僻壤交通不便，未能发现还有如此的诗境。否则，继《鹊华秋色图》之后，他说不定会画出一幅更优美更有名气的《南山红叶图》来。

济南的秋天是诗境的，诗境在泉水、红叶、青山中。我的故乡在江南，客居泉城四十年，有种感受常驻心头：阳春三月下江南，金秋十月到济南。

（2011 年 9 月 30 日）

走进《鹊华秋色图》

在济南大明湖超然楼顶层的展厅里，有一巨幅放大的电子动态版山水画《鹊华秋色图》，画的真迹珍藏在台北“故宫博物院”，是元代著名书画大家赵孟頫创作的。站在这幅用3D技术制作、有700多年历史的名画前，犹如画中人：画中的山山水水一草一木，一切都是那么生动逼真、意味无穷，令人如同走进了田园牧歌般的济南山水之中，如同走进了济南的历史深处。

《鹊华秋色图》是一幅“思乡之画”。作者赵孟頫出生于太湖南岸的浙江吴兴，即今湖州，是元代著名的书法家、画家和诗人。元代至元二十九年（1292）夏6月，被元世祖任命为同知济南路总管府事，因“总管缺官”，由赵孟頫主政。在济南三年间，赵孟頫为官勤谨清廉，政声颇佳，公务之余，游览山川名泉，对山水河湖泉皆有、具有浓郁江南水乡风光的济南情有独钟，留下了许多赞咏济南山水风光的诗词和画作。《咏趵突泉》中“泺水发源天下无，平地涌出白玉壶”、“云雾润蒸华不注，波涛声震大明湖”的诗句，描写鹊山和华山风光的《鹊华秋色图》，就是那时赵孟頫诗与画的代表作。从画家在《鹊华秋色图》上的题跋就可了解到，这幅画是赵孟頫在任满济南路总管府事，奉召进京又称病辞官回到故乡吴兴后，为好友周密所作。祖籍济南的南宋文学家周密自曾祖父随宋高宗南渡客居吴兴后，从未回过故乡，听归隐山林后的赵孟頫时常赞美济南的优美风光，勾起了思乡之情，遂请他详细介绍故乡的风土人情。赵孟頫被周密深深的家乡情结所打动，觉得把济南风光画出来赠与友人，比口头讲述更加直观形象，便挥毫泼墨，画下了这幅被誉为“思乡之画”的传世之作。《鹊华秋色图》在元明两个朝代一直收藏于民间，画上有收藏者的众多题跋和印鉴。清代被收入皇宫，深受乾隆皇帝喜爱，他用御笔将“鹊华秋色”四个字题写于引首，并题跋九则，盖上御印。乾隆帝的一则题跋让后人了解到：他在宫中观赏此画时，不相信济南平原上竟然有这么奇突的山和水乡般的风光，后来巡游济南，登城向东北远望，感到眼前的景致似曾相识，马上想起了赵孟頫的这幅画，遂即派人骑马星夜赶回京城取来《鹊华秋色图》，对照实景细细欣赏，果然画如真景、实景如画，禁不住题跋赞叹，“始信笔灵合地灵，当前印证得神髓”。从此，这幅画一直深藏于宫内，至 1949 年春，随大批珍宝被运往台湾，珍藏于台北“故宫博物院”。2010 年深秋，当我这个客居济南 40 多年的江南游子第一次跨过海峡到台湾，在台北“故宫博物院”欣赏到宽28.4厘米、长93.2厘米的横卷《鹊华秋色图》真迹时，倍感亲切，感慨万千：思乡之情长有，“思乡之画”常新，700多年的历史风尘，淡化不掉此画的思乡意味，如今，画中蕴含着更多更深的思乡情意，着实令人倍加珍爱。

《鹊华秋色图》是济南诗意般秋天的生动写照：一片辽阔的沼泽地上，一圆一尖两座山峰平地突起、遥遥相对，一条大河穿流其间；河中的木舟，河畔的芦苇，树丛中的茅舍，晒网的渔翁，啃草的山羊，田野深处隐约可见的高粱，夹在青松中树叶经霜已变黄变红乃至几乎光秃的落木……自然质朴，悠远宁静，野趣盎然，好一曲田园牧歌。左侧的那座山，漫圆敦厚，岩壁横卧，紧矗河滨，状如翠屏，叫作鹊山，因战国时期济南长清籍名医扁鹊在山下炼丹而得名。右侧的那座山立于水中，峻峭孤秀，形如含苞欲放的出水芙蓉，名叫华不注，是“花骨朵”的谐音，名如其形，因形得名，俗称华山。鹊华二山之间的河，当时叫济水，俗称大清河。济水在《史记》《尔雅》《山海经》《水经注》等重要文献中均有记载，发源于河南济源王屋山，流经山东济宁、济南、济阳、邹平，在博兴入海，与淮河等并称为入海“四渎”。清咸丰六年（1856）黄河在河南铜瓦厢决口，夺占了古济水（大清河）故道，古济水济南段也就称为黄河，并靠近济南城厢。济水与华不注之间是一片沼泽，山下的水面叫作鹊山湖。据济南《历城县志》记载：“每当阴云之际，两山连亘，烟雾环萦，若有若无，若离若合，凭高眺望，可入画图。虽单椒浮黛，削壁涵青，各着灵异……”这就是历史上“济南八景”之一的“鹊华烟雨”。《鹊华秋色图》画的是秋色斑斓的济南，画家赵孟頫独特的意境表达、独到的色彩运用、独创的写意画法，在元代画坛上独领风骚，也成为济南历史上最早最弥足珍贵的一张文化名片。

鹊华秋色，如诗似画；鹊华烟雨，如梦似幻。历代名人雅士游览后无不赞咏有加。华不注在元代直至清代中叶以前一直是济南第一名山，居“齐烟九点”诸山之首。北魏地理学家郦道元在《水经注》中描写华不注“单椒秀泽，不连丘陵以自高；虎牙桀立，孤峰突拔以刺天。青崖翠发，望同点黛”。唐代大诗人李白到济南坐船游大明湖后直驶鹊山湖，从南麓上山，写下了《登华不注》一诗，赞美华山“兹山何峻秀，绿翠如芙蓉”、“含笑凌倒景，欣然愿相从”。晚清名人康有为，1923 年五六月间曾遍游济南，并以 65 岁高龄登上了华不注，而后写下《新济南记》。文中写道：“遥望此山如山在水中，历下绝胜处也……南京钟山紫金峰、北京翠微山、煤山，扬州七星山、苏州横山，然山水之美皆不若华不注也。”正因如此，他提出“诚宜移都会于华不注前”。“移都会”按字面意思是迁都、迁省会，但文中指的是建设济南新城。对风水颇有研究的康有为认为，都会城市应该背山面水，而济南老城却是背水面山。华不注是泰山山脉支脉向北延伸在平原地带的集结，与泰山有天然的连结，山下碧水连天，山南平原辽阔，山上古柏苍劲，还有建于1220年的著名道观华阳宫，以及净土庵、泰山行宫、三教堂、关帝庙等文化名胜，佛、儒、道三教和谐共存，十分兴旺，是一块风水宝地，可以作为破解济南“背水面山”居的理想选择。据此，他在文中又写道：“然今亦不必移也，但开一新济南，尤美善也。”意思是说，迁都会就不必了，但在华不注之阳辟建一个新济南，就很完美很妥善了。康老先生的这一美好愿望80多年后正在变为现实。根据当代规划建设学界泰斗、清华大学教授吴良镛先生关于“东拓、西进、南控、北跨”的济南城市拓展规划，济南东部新城正在华不注之阳拔地而起；华山南麓的小清河得以疏浚和美化，呈现出烟雨蒙蒙、含黛衔烟、柳影荷香的秀美景色；华山生态湿地公园和鹊山北的鹊山龙湖旅游度假区也正在建设之中。未来的鹊华秋色，一定会更加令人陶醉。

（2013年8月16日）

在这群泉喷涌的地方

在北纬 36 度与东经 117 度交汇处，有一个群泉喷涌的地方，那就是泉城济南。济南除有趵突泉、大明湖、千佛山、四门塔、灵岩寺等名胜古迹外，更有趵突泉、五龙潭、黑虎泉、珍珠泉、百脉泉、洪范池等十大泉群七十二名泉和不计其数的无名涌泉。我离开上海到济南工作生活 40 多年了，被文人墨客多有赞咏的故乡江南自然令我终身难忘，但这群泉喷涌的地方更让我喜欢让我爱：这里山清水秀、人文古迹众多，泉水特别清澈、灵动……

这里有趵突腾空的天下奇观。我常到来鹤桥上凭栏西看，边观赏“三股水”跳突喷涌的情景，边体味元代画家赵孟頫“云雾润蒸华不注，波涛声震大明湖”和清代诗人何绍基“万斛珠玑尽倒飞”等赞咏趵突泉的诗句，为趵突泉的清澈、华贵、壮观所陶醉。

这里有众泉汇流而成的大明湖。常喜欢到湖北岸的雨荷厅外，找个柳荫坐下来，近赏湖光，远看山色，总给人以心旷神怡、意味无穷的感受。“山色只宜远处看，竹香时向静中闻”，雨荷厅北门廊柱上的这副由清代金石学家、书法家郭尚先撰写的楹联，委实是大明湖畔看千佛山独特意境的真实写照。大明湖虽不如杭州西湖名气大，但有一种独特的秀美。几年前的一个初夏，我陪北大来济南讲学的友人曹凤岐教授从护城河坐画舫驶入大明湖，恰逢一场小阵雨袭来，只见环湖烟雨蒙蒙，呈现出“多少楼台烟雨中”的迷人景色，令游过许多名山大川的曹教授对大明湖的秀色称赞不已。

这里有泰山的余脉文化名山千佛山。我爱择晴朗的秋日，登上千佛山顶览胜。向南远眺，青山连绵，层峦叠翠。向北瞭望，近处，齐鲁大学的老建筑清晰可见，大明湖像一面镜子在老城区熠熠闪光；远处，黄河像一条玉带，拐了几道弯后向东流去。

这里还有明代的护城河。不仅历史悠久，而且是国内唯一的一条泉水河。只要有空闲，我常去河边走走看看。30年前沿河建了环城公园后，风光就更美了。直到现在，我还喜欢站到琵琶桥上，欣赏黑虎泉和护城河的风光。置身这里，既有一种历史沧桑感，又有回到故乡的感觉，不是江南，潇洒似江南。

这里有情调独特的老城区。老城区保留了明清时代的风貌，有独特的市井风情，令我流连忘返：七曲八拐的小街巷，青砖白墙的四合院，雕梁画栋的大门楼，青石铺就的胡同道，遍布街巷、庭院的清泉和垂柳，使老城区溢淌着古城的独特风韵，展现出泉城的独特魅力。

到老街巷里徜徉，别有一番情调。曲水亭、芙蓉街、起凤桥、辘轳把子街、后宰门、鞭指巷、按察司街……老城区的每一条街名，几乎都有美丽的传说、动人的故事和历史的渊源。老济南一中门口那条街叫运署街，是因盐运署设于此而得名；西侧的按察司街，是因按察司设在这条街上而得名，至于县学街、贡院墙根街等街名，更从一个侧面可以窥见明清以来济南乃至山东教育和文化发展的印记。如，贡院墙根

护城河琵琶桥

街就因地处明代山东乡试的场所———贡院的东墙根下而得名。街东侧的府学文庙，则是始建于北宋熙宁年间的建筑。珍珠泉大院自元代起就是“济南王”张荣府第，明代中期始为德王府，清代为山东巡抚衙门。这座大院东西院墙外侧的街道分别叫东更道和西更道，显然，因当年更夫手提灯笼巡夜打更而得名。还有县东巷、县西巷、高都司巷、状元府等等。连“历下”这个地名，也因在历山之下而得名。千佛山古称历山，相传大舜曾耕种于历山下，又称舜耕山；隋唐时代，随着佛教的传入，山崖上镌刻了众多佛像，建了兴国禅寺，历山遂叫作千佛山。这些老地名、老建筑、老街巷构成的历史文化街区，是济南这座千年古城的缩影，承载着济南的历史文脉。在老街巷里行走，到府学文庙和芙蓉街北头的关帝庙驻足，犹如在触摸济南历史的活化石，历史沧桑感油然而生。我常喜欢到王府池子边，领略老济南特有的市井风情；到起凤桥上，看清澈的泉水经过一条水草茵茵的小河，在一个个四合院宅之间潺潺流淌，欣赏原汁原味的“家家泉水、户户垂杨”风光。沪上每有亲友和同学来，我总喜欢陪他们到曲水亭、起凤桥这一带看看。看完后，我总要问：“你们对济南的哪个景点印象最深?”回答几乎是一致的：“这里!”确实，徜徉在这样的老街巷里，没了闹市区车水马龙的喧嚣和高楼大厦之间狭窄空间的压抑，浑身轻松自在，享受到的是心灵的宁静和生活的闲适。

济南还有松风竹影的中华第一古石塔四门塔，梵音缭绕的千年古刹灵岩寺，清泉喷涌、灵动多姿的百脉泉，齐鲁第一古村朱家峪，山清水秀的泰山余脉历城南部山区，黄河岸边兼有江南水乡风光和母亲河风情的济西生态湿地公园……这些都是我十分喜爱的地方。

近年来，我还爱沿经十路慢慢前行，欣赏两侧宽阔的大马路、多彩的绿化带。东部，是造型高雅、质感时尚的总部经济大楼群，崛起中的中央金融商务区；西部，以跻身全国十大剧院之一的省会文化艺术中心大剧院和高铁西客站为标志，一个现代化的新城正在崛起，构成了一幅最能展现济南现代气息的壮丽画卷。

在这群泉喷涌的地方，济南古老又年轻。

（2013 年 10 月 18 日）

省会文化艺术中心

济南的山

“四面荷花三面柳，一城山色半城湖”，是对济南风光的经典描绘，同时，“一城山色”也恰如其分地点出了“山”在济南的地位和对这座城市的影响。

济南的山不像济南的泉那么有名气，但我还是很喜爱济南的山。这不仅是因为我生于平原、长于水乡、见到山就特别稀罕的缘故，更是因为济南的山委实有许多独特的地方。

济南的山和这座城市密不可分，城里城外，青山绵延。城内的千佛山、马鞍山、英雄山、佛慧山等，虽没有泰山那样雄伟壮丽，也缺乏黄山那般俊秀奇美，但她们面朝闹市，倚城而立。从城里向南望去，一座座山峰犹如一扇扇绿色的屏风，古朴典雅，秀丽天成。济南的山形态美。我很喜欢在市区的一些开阔地从不同方位看千佛山和马鞍山，那人字形、马鞍形的山体轮廓，在碧空的映衬下，构成流畅的天际线，溢淌出朴素的美和自然的美。晴天、雨后、傍晚、雾中、月光下，不同时空会变幻出不同的景观，犹如一幅幅动态的画，令人赏心悦目，感到韵味无穷。山就在城中，济南人抬头能见山，迈步可上山，形成了青山入城、城中有山的独特景观。济南的山是泰山山脉的余脉，越是南部山区越幽美灵秀，景色变幻，四季迷人。春天的南部山区，杏花绽放桃花开，更有雪白的梨花在山坡上怒放，远远望去，犹如白云缭绕，分外清丽；5月上旬，满山的槐花，清香袭人。夏天，山里茂林修竹，浓荫蔽日，流水潺潺，云雾润蒸，凉爽宜人，是避暑的胜地。秋天，山上天高云淡，色彩斑斓，特别是红叶谷、莲台山上层林尽染，漫山遍野的红叶，绚丽多姿，气势壮阔，令人震撼。冬天，济南的山依然峰峦叠翠，苍劲挺拔，魅力不减，犹如一幅幅水墨画。一年四季，无论晴雨，无论是到南部山区的凤凰岭、跑马岭，还是梯子山、九如山……都犹如放牧心灵，远离喧嚣与世俗，感到神清气爽，无拘无束，自由自在，怡然惬意。如遇晴日，登山远眺，会产生“千山有树千山绿，万里无云万里天”的意境。在领略山的高低、远近、明暗、深浅、虚实的变幻中，感受到自然的奥妙，大山的精神，天地的广阔。

济南的山文化厚重。市区的千佛山，龙洞的佛峪、北郊的鹊山、华山，柳埠的青龙山，长清的玉符山、五峰山等，都有许多美丽的神话传说和宝贵的历史遗存。千佛山相传是大舜耕稼的地方。山腰上的悬崖下，有创始于唐贞观年间的兴国禅寺，寺内的千佛崖上有隋开皇七年至贞观年间雕刻的众多佛像。历代名人雅士留下了许多赞咏千佛山的诗篇。唐朝诗人李贺曾有“遥看齐州九点烟，一泓海水杯中泻”的诗句，“九点烟”即从千佛山上向北可以看到的华不注、鹊山、凤凰山、标山、匡山、药山、北马鞍山、粟山等九座小山，“齐烟九点”由此得名。唐朝诗人李白曾登上过华山，写下了“兹山何俊秀，绿翠如芙蓉”的诗句。元代书画家赵孟頫的《鹊华

千佛山顶

秋色图》，不仅绘出了当时鹊山、华山的秀美景色，而且成为展示济南悠久历史的宝贵资料。柳埠的青龙山麓，有始建于隋代的四门塔，是我国现存最早的四座石塔之一。长清的孝堂山上，有一座郭氏墓石祠，是我国现存最早的地面房屋建筑。万德镇的玉符山之阳，有一座建于北魏时期的灵岩寺，寺内千佛殿内有40尊宋代彩色泥塑罗汉像，神态逼真，曾被梁启超誉为“海内第一名塑”。五峰山是一处道教圣地，山腰间不仅有金代创建的“洞真观”，道观前还有一棵几个人都合围不过来的银杏树，树龄有2000多年之长……游览济南的山，仿佛走进了济南的历史教科书：触摸济南悠久的历史，感受济南灿烂的文化，热爱济南的情感在不知不觉中油然而生。

济南的山是市民的乐园。英雄山、马鞍山、六里山、燕子山……春夏秋冬，从早到晚，四面八方的市民都赶来爬山、锻炼。从山坡下到山顶上，从松树下到亭子里，有的散步，有的打拳，有的跳舞，有的遛鸟，各得其乐，更多的是谈天说地拉家常……自由自在，悠然自得。登山，成为许多济南人生活中不可缺少的一部分，不少原本体弱多病的老人更把城里的山称为“救命山”，天天登山扔掉了药罐子，练出了好身体。从元代起，每年农历的三月三、九月九，千佛山形成了办庙会的习俗，一直延续至今。庙会也叫“山会”，那是民俗风情的大画廊、民间艺术的大舞台、风味小吃的大展厅。剪纸、杂耍、皮影、唱吕剧、捏面泥人……各种民间艺术竞相献艺；油旋、馓子、锅贴、甜沫、草包包子、蒲菜奶汤、黄家烤肉……各种风味小吃闪亮登场；书摊、衣摊、鞋摊、小商品摊……从日用百货、瓷器古玩到糕点水果，一个个的摊点鳞次栉比，从山脚到山腰间几里路长的盘山道上摆得满满当当。山上山下，人流如潮，摩肩接踵，山会成为市民的盛大节日。重阳山会，正是秋高气爽时节，既因应登高的民俗，又有大合柿、山楂、核桃等山货可买，去登山、游玩的市民更多。有一年重阳节，我陪我从故乡来的岳父去逛山会，盘山道上挤得水泄不通，但年过花甲的他却对这里的民间习俗感到十分新鲜，兴致盎然，挤并快乐着，还感慨地说："蛮有意思，比上海的城隍庙'闹猛'多了。游济南不逛山会不算游也！"

青山入城济南美，城中有山市民乐。层峦叠嶂的青山，清澈灵动的泉水，为古城增添了无穷的魅力和灵气，为市民带来了乐趣和福气！

（2008年8月19日）

泉水清清润济南

俗话说，美不美，家乡的水。我却由衷地认为，济南的水最美，济南的泉水，胜过我故乡江南的水。江南那“日出江花红胜火，春来江水绿如蓝”、小桥流水的水乡风情让我一往情深，但济南那清澈晶莹、千姿百态的泉水，则更令我眷顾留恋。济南因泉而生，因泉而兴，因泉水众多而获得了泉城的美誉。清澈灵动的泉水，润泽滋养了济南这座历史文化名城，给她增添了无穷的魅力和独特的灵气。

济南的泉水清。凡是外地到济南赏过泉的游人，都对泉水的清澈见底留下了极为深刻的印象。我那些来自北京、上海、天津等地的同学、朋友来到济南，无不大发感慨：从来没见过这么清的水！其实，初到济南时的我，又何尝不是这样呢？客居济南 36 载，每次看泉的感觉，都新鲜如初：泉水太清了！我看过杭州西湖的花港观鱼，那是闻名天下的著名景点，但我在趵突泉、五龙潭、无忧泉、珍珠泉、回马泉、江家池、

曲水亭街

百脉泉等许多泉边赏鱼，觉得鱼不逊花港，而水更胜一筹，欠的只是名气。在济南众多的泉池中观鱼，水清可见底，鱼态可入画。碧潭如镜，微风拂面，清泉洗心，如入人间仙境。济南的泉水特别的清澈，是由济南周围独特的地质地貌所造成的。济南南依泰山、北临黄河，地势南高北低，来自泰山山脉的水渗透到地下后，顺势北下，经过岩石空隙的过滤，到黄河南岸被坚硬不透水的辉长岩体堵截，形成压力水头，在低洼的济南老城区喷涌出来，水就特别清澈、甘甜。相传当年乾隆皇帝下江南路过济南，喝了趵突泉的水后，遂放弃出京时携带的北京玉泉水，一路上饮用的全是从济南带的泉水。

济南的泉水灵。灵就灵在她涌动着的千姿百态上。有的水涌若轮，喷势壮观，如趵突泉三股水喷涌时，让元代书画家赵孟頫写出了“云雾润蒸华不注，波涛声震大明湖”的千古绝句。有的似串串水泡、粒粒珍珠，从泉池深处闪亮登场，如珍珠泉、百脉泉等，恰如清代学者王昶所描绘的那样：“泉从沙际出，忽聚忽散，忽断忽续，忽急忽缓，日映之，大者为珠，小者为玑，皆自底以达于面。”有的泉涌如注，轰然下泻，如黑虎泉的泉水从三只老虎嘴里喷涌而出时，让人不禁想起明代诗人刘敕所描绘的“悬崖之下碧潭深，潭上悬崖欲几寻。石激湍声成虎吼，泉喷清响作龙吟”的景象……这涌动的泉水好比配上解说词的画面，不仅赏心，而且悦目。

济南的泉水多。天下有泉的城市不少，苏、杭、扬州皆有泉，但大都是孤泉，像济南这样泉群遍城、群泉竞喷的城市却不多。济南历来就有七十二名泉之说，仅市区就有趵突泉、黑虎泉、珍珠泉、五龙潭四大泉群，东郊章丘还有百脉泉泉群，名泉远不止七十二，无名涌泉更是不计其数。20 世纪 70 年代初，我刚到运署街上的济南一中教书时，有天到西更道街北头家访，未进四合院，就听到泉水潺潺，待看到主人在柳下泉边洗涤，更感到新奇。后来又走访了其他街巷的学生，才发现这一带几乎家家泉水，连路上的青石缝中，竟也能见到清水溢出。济南的泉水大都分布在公园里和老城区的街巷边、院落里，与民相邻相伴，为民所赏所饮。在芙蓉街北头老居民区里，有一个偌大的王府池子，汩汩清泉淌出池外，形成小溪，向北流过起风桥街上的小石桥，在许多白墙黛瓦的四合院间穿过，直淌到曲水亭街水草茵茵的小河里，经过百花州，汇入大明湖，呈现出诗人王士禛笔下描绘的“郭边万户皆临水”的泉城风貌。黑虎泉的水则流到护城河里，堤岸杨柳依依，河里碧水清波，灵秀潇洒胜江南。五龙潭那一带，名泉密布、碧池如玉，比水乡泽国更灵秀。济南的泉水是可亲近的，在杨柳掩映的泉池边，总有许多赏泉的市民，有的一家老小在泉边玩水，有的结伴在泉边下棋聊天，还有的票友在泉边唱京戏，也有的携桶、壶灌泉水回家沏茶，更多的人用手掬一捧泉水品尝、洗面……闲适悠然，怡情惬意。

济南的泉有文化底蕴。如漱玉泉，名字取自《世说新语》“漱石枕流”。相传宋代女词人李清照以泉为镜梳洗，又常在泉边吟诗填词，因而得此雅名。皇华泉则取自《诗经·小雅》中“皇皇者华”这一句，明代诗人晏璧咏《皇华泉》诗中有“金线池东涌碧泉，皇华使节耀齐川”的诗句，就是对皇华泉得名的又一注解。其他泉名，也都起得独具匠心、贴切雅致，富有文化意蕴。有的以神话传说命名，如舜井、五龙潭等；有的以名人名字命名，如杜康泉、孝感泉等；有的以涌动的形态命名，如趵突泉、珍珠泉、百脉泉、柳絮泉等；有的以喷涌时的形声命名，如响泉、琵琶泉等；有的以泉眼分布和涌动的形状命名，如梅花泉、悬泉、水帘泉等；有的根据泉水喷出时的色感命名，如墨泉等；有的则以当时泉的用途命名，如卧牛泉，宋代苏辙在《槛泉亭》诗中有“谁家鹅鸭横波去，日暮牛羊饮道边”的诗句，槛泉即趵突泉，卧牛泉在趵突泉附近。当时此泉周围泉水丰盈、水草茂盛，牧笛悠悠、炊烟袅袅，成群的牛羊饮其水、卧其旁，卧牛泉也因此而得名。总之，几乎每一个泉名后面都有悠久的来历、美丽的传说和隽永的诗篇。

济南的泉水孕育了名士文化。从春秋、南北朝到唐、宋、元、明、清，从李白、杜甫到曾巩、苏辙、赵孟頫、元好问、蒲松龄、王士禛、刘鹗，无数名人雅士游历济南，留下了众多赞咏济南泉水的佳句和辞章。北魏地理学家郦道元在《水经注·济水》中描绘济南的泉水“泉源上奋，水涌若轮”。宋代文学家曾巩赞美济南的泉水是“齐多甘泉，冠于天下”。元代地理学家于钦赞美“济南山水甲齐鲁，泉甲天下”。晚清小说《老残游记》的作者刘鹗则把济南的风貌描绘得更加独到、恰切：“到了济南府，进得城来，家家泉水，户户垂杨，比那江南风景，觉得更为有趣。”“家家泉水，户户垂杨”，已成为泉城特色的经典概括和绝妙写照。名泉因名人赞咏而熠熠生辉，名人因吟诵名泉而流芳百世，泉水孕育的泉文化和名士文化交相辉映，使济南更富内涵、更具魅力。

泉水清清润济南，杨柳依依秀泉城，一方水土养一方人。甘甜灵动的泉水孕育出李清照、辛弃疾等济南籍的名士大家，也浸润滋养了一代代勤劳淳朴、聪慧文明的济南人。泉水以其甘甜清冽的品质、灵气氤氲的魅力、千姿百态的身影、泉源上奋的精神，使千年古城济南润泽灵秀，生生不息！

（2008年6月24日）

杨柳依依秀泉城

凡游历过济南的人大概都会发现，泉城令人流连忘返的不仅是股股清澈灵动的泉水，还有株株婆娑多姿的柳树。

柳树是济南一道独特的风景线，大明湖畔，趵突泉边，五龙潭公园，护城河两岸，老城区的马路旁和居民的四合院里，随处可见柳树婀娜的身影。

柳树为济南平添了独特的风采和无穷的魅力。冬去春归，夏去秋来，无论季节怎样变换，济南的柳树始终是那样妩媚动人，惹人喜爱。

春到泉城柳色新。柳树报春虽然不及迎春花早，但真正将泉城人带入春天的却非她莫属。在济南，迎春花大多开在公园和少数庭院里，而柳树则遍植大街小巷，且柳芽泛绿的时间要比法桐、毛白杨等早得多。当一棵棵、一行行柳树吐出嫩芽时，泉城人便会在这随处可见的嫩绿里欣喜地发现——春天回来了！阳历三月的上中旬，站在黑虎泉附近的琵琶桥上，放眼望去，只见护城河两岸行行柳树，嫩芽泛翠绿，柳丝如垂帘，好一派晚唐诗人顾云描绘的“带露含烟处处垂，绽黄摇绿嫩参差。长堤未见风飘絮，广陌初怜日映丝”的早春风景。而此情此景，在五龙潭、植物园、千佛山等各大公园里，大街小巷的路边和黄河大堤上，随处可见，真正是一城春色，满目新翠。这种春天的感受，在我的江南故乡是很难获得的。那里的冬天仍是满眼绿色，早春的柳绿便不那么显眼了。而济南地处华北，冬天比江南干寒，鲜有绿草绿树，故当一夜春风最先吹绿柳树枝条时，她便自然成了泉城报春的使者和早春的主角。“碧玉妆成一树高，万条垂下绿丝绦。不知细

月牙泉

叶谁裁出，二月春风似剪刀。”唐代诗人贺知章的《咏柳》诗篇，还有清朝诗人高鼎“草长莺飞二月天，拂堤杨柳醉春烟”的诗句，当是赞美早春柳树的神来之笔和生动写照。

夏到泉城柳荫浓。盛夏时节，济南的柳树枝繁叶茂，团团树冠撒下片片浓荫。在柳树环抱的大明湖小沧浪亭的长廊里小憩，或到湖东北岸的雨荷亭边饮茶，边听蝉儿鸣叫，赏荷花盛开。凉风徐徐吹来，柳枝轻轻拂水，柳树的倒影则在湖水中时隐时现，呈现出古城处处绿婀娜、柳树依依碧婆娑的夏日美景。向南远望，千佛山的倩影近在眼前，这便是经典妙句“四面荷花三面柳，一城山色半城湖”的绝佳意境了。

秋日泉城柳仍碧。泉城的柳树大都长在泉河湖边，因了泉水的滋润，柳树显出别样旺盛的生命力和灵动感。即使到了深秋，当法桐、毛白杨青春不再时，柳树依然叶儿青青，秀色动人。有一年深秋，我陪沪上友人游趵突泉，恰逢一场秋雨，雨中游趵突，与晴日相比实在是别有一番情趣，风萧萧兮雨飘飘，雨中秋柳更妖娆。雨滴落到泉池水面上形成的朵朵水花、缕缕轻雾令人陶醉，而雨中袅袅的秋柳，更为这秋日的美景添上了别样的灵动。

冬日泉城柳含韵。冬天，济南的柳树虽然绿意褪尽，但仍抹不去丽质天成的高雅。一棵棵落了叶的柳树上，长长的柳枝整整齐齐地倒垂下来，宛如魅力独特的成熟女性，仪态朴素大方，为寒冬的济南增添了几分怡人的知性和温婉。

济南的柳树不仅美在仪态万方，更美在意韵深长。“四面荷花三面柳，一城山色半城湖”，“家家泉水，户户垂杨”，“杨柳春风万方极乐，芙蕖秋月一片大明”……从刘凤诰、刘鹗到郭沫若，在历代文人名士赞咏济南的诗篇中，都对杨柳情有独钟。柳树因泉而长，倚泉而盛，树态优雅，生命力强，故被定为市树，成为济南除泉水之外又一张响亮的城市名片。柳是“留”的谐音，因而在古代诗词中暗喻离别、送别，因而咏柳也往往成为古代文人墨客思念恋人或者抒发乡愁的情感寄托，如“今宵酒醒何处？杨柳岸，晓风残月”，就深藏着柳永对恋人的思念；而“此夜曲中闻折柳，何人不起故园情”，则寄托了李白游子离乡的愁苦和对故乡的无限牵挂。当然，随着时代的变迁，不同的人以柳寄情更会有不同的感怀。今天更多客居泉城的游子见到济南的柳树，内心涌起的除了难以割舍的思乡之情外，还有对潇洒似江南的泉城的一往情深，更有如泉边柳树般深深扎根于泉城的决心和热情。

杨柳依依秀泉城。愿柳树那怡人的绿色，那醉人的身姿，那感人的生命力，永远留在济南，永远陪伴着热爱生命和生活的济南人。

（2008 年 4 月 15 日）

留住老街巷的记忆

我大学毕业离开故乡，来到泉城已有 39 年。一工作就在老城区一所省重点中学当了 5 年班主任老师，家访走遍了附近街巷，让我老来对老城区老街巷仍有特别的记忆和怀念。

曲水亭、西更道、起凤桥、王府池子、辘轳把子街、芙蓉街……这是专属济南老城的老街老巷。这里洋溢着古城的市井风韵，展现着泉城的独特景色。济南的变迁连接着这些老街巷的冷暖，老街巷的保护也维系着济南历史文脉的传承。济南老城区的小街小巷，看似房屋破旧、街巷狭窄，实则旧而有韵，别具风致。济南老城区包括：七曲八拐的小街巷，青砖白墙的四合院，雕梁画栋的大门楼，青石铺就的胡同道，遍布街巷边、庭院里的清泉和垂柳。

济南的老街巷里有历史。老城区的每一条街名几乎都有历史的渊源，每一个墙根几乎都有美丽的传说，每一处院落几乎都有动人的故事。老济南一中门口那条街叫运署街，是因盐运署设于此而得名；西侧的按察司街，是因按察司设在这条街上而得名。至于县学街、贡院墙根街等地名，更从一个侧面可以窥见明清以来济南教育和文化发展的印记。府、州、县学又称儒学，是明清时期地方官学的主要形式，府设府学，州设州学，县设县学。县学街是因紧靠历城县学而得名，贡院墙根街则因地处明代山东乡试的场所——贡院的东墙根下而得名。贡院墙根街东侧的府学文庙，则是始建于北宋熙宁年间的建筑。珍珠泉大院自元代起就是“济南王”张荣府第，明中期始为德王府，清代为山东巡抚衙门，民国时期先后为山东督军公署、山东省政府所在地。这座大院东西院墙外侧的街道分别叫东更道和西更道，显然因当年更夫在此巡夜打更而得名。还有县东巷、县西巷、后宰门、鞭指巷、舜井街，以及状元府、丁宝桢故居等。在这些老街巷里行走，到这些名人故居前驻足，犹如在触摸济南悠久的历史，阅读济南这部活的通史。

济南的老街巷里有情调。我在老城区教书的时候，有一个星期天，到住在西更道街最北头西侧一个院里的王姓学生家里访问。这个院的门楼就十分讲究，青石上张果老骑毛驴和泰山迎客松的浮雕，栩栩如生，清晰可见。门口有一条小溪，溪边还有一个泉池，泉水汩汩，清澈见底。待推开紫黑色的大门进院里一看，一泓清泉从房前流过，柳树倒垂到水面上，有人在泉池边洗漱。此景此情，我在故乡江南也未曾见过。这令我想起晚清小说家刘鹗在《老残游记》中所描述的：

济南老街巷

“到了济南府，进得城来，家家泉水，户户垂杨，比那江南风景，觉得更为有趣。”这传神之笔，的确勾画出了济南老城区的灵魂。30 多年的变迁，许多片区的老街巷已经消失，但芙蓉街、曲水亭、王府池子、起凤桥街一带，这种风貌特色还难得地保留着。我那些来自沪、京、津的亲友和同学，游完几大名胜后来到这里，无不对这“济南原住民”的风情流连忘返，赞叹不已。的确，徜徉在这样的街巷里，没了闹市车水马龙的喧嚣和钢筋水泥大厦里的闷气，更能体味泉城的独特魅力和市井文化的意蕴趣味。

济南的老街巷里有淳朴民风。我从 1972 年起曾连续担任一个班的班主任 3 年半，班里的学生大都住在宽厚所街一带。我曾多次来到这条有 400 多年历史的老街，进出过许多院落，听过宽厚所街所以得名的美好传说。我的很多学生都有着与这条老街相称的宽厚仁爱心地。他们在校时大都尊师守纪，乐于助人。中学毕业后上山下乡，各奔东西，34 年间变迁不小，但这种宽厚仁爱的性格始终不变，依然乐观，更加坚韧。尤其是住宽厚所街 67 号院的班长小王，一直以来给我很多点滴帮助，虽是师生，情同兄弟，也从没让我回报什么。他和爱人早早下岗，日子不宽裕，常常来看我，却从没现过愁容，总是乐呵呵的。小王 5 个兄弟和 3 个姐妹各有家庭，彼此谦让，敬爱老人，关系非常和睦。小王的老母亲也是个豁达乐观的老人，年近 90 仍康健。我想，应该是老人家的宽厚慈祥影响了后辈，带出了好家风。而这个大家庭的性格，在那些老街巷是普遍存在的，也是这个老城所特有的。

世上有些东西，它存在的时候，往往不觉得宝贵，当它已经失去或即将失去的时候，人们才会倍感珍惜。随着高楼大厦的矗起，济南的老街巷渐渐远去。所幸的是，由于有关部门的积极努力、有识之士的呼吁呐喊，芙蓉街、曲水亭、王府池子这一片区的老街巷不仅保存了下来，还得到了很好的整修。虽然许多四合院房顶上的大红瓦仍显不协调，还应换成小青瓦，但这已经是非常了不起的业绩和极为宝贵的贡献。我深知，留住济南老街巷的记忆，并不比新建一批高楼大厦容易，甚至更为艰难！

济南的老街巷，记录着这座千年古城的历史，承载着济南的文化，体现着泉城独特的风情。济南的老街巷，不仅是这座历史文化名城的重要载体，也是祖国的宝贵文化遗产。但愿今后不要让这远去的老街巷变成永远消失的老街巷！但愿不要把老街巷当成我们这座城市肌体中行将代谢的细胞加以剔除，而是把它变成永远充满活力的元素，与高楼大厦共存互映，与伟大祖国共同繁荣昌盛。这样，既能欣赏到历史的余韵，也可清晰地听到时代的声音。

（2009年6月2日）

老商埠的记忆与梦想

我对济南老商埠有一份独特的感情。这种感情，是在与她的接触中逐渐产生的。

20 世纪 70 年代初，我大学毕业离开故乡上海分配到济南工作，乘火车第一次来到这座城市。一下火车，日耳曼风格的钟楼、候车大厅、行李房等欧式建筑，在蓝天的映衬下显得特别高雅，洋溢出浓浓的异国情调。济南老火车站的这些老建筑，给我留下了极为深刻的第一印象。后来才知道，这是济南老商埠的一个历史性象征，是济南一处重要的标志性建筑。在其后的 20 多年间，我每年回上海去探亲、从上海回济南来工作，都要经过这座老火车站——津浦线济南老站，其高雅的倩影，从此深深地刻在了我的心中。

70 年代中期，我从济南老城区搬到经二路 195 号院工作了 7 年，其中最后两年也就是 1982 年至 1983 年，全家还在这院里居住。这地段是济南老商埠的中心区，当时仅经二路中段两侧就有十几座西洋式别墅，包括我工作单位济南市教育局的办公楼，20 世纪 30 年代曾是一家日本银行驻地。这里形成了独具魅力的西式别墅一条街，是百年济南风情的一个缩影。

在经二路 195 号院居住的那些日子，我几乎每天到万紫巷去买菜，每周到铭新池去洗澡，周日去大观园逛商场，万紫巷、铭新池、瑞蚨祥、亨得利、宏济堂、聚丰德……一个个著名的老字号，有的虽在“文革”中被改名后当时尚未恢复原名，但遗风依存；经二路邮局、经四路基督教堂、纬六路济南饭店及老洋行、阜成信棉花行东记西记、纬七路 9 号院原英美烟草糖酒公司别墅等一幢幢风格独特的老洋房，大生里片区等一条条异国风情的老街巷，至今仍在我脑海中清晰地浮现；特别是建于 1931 年的大观园，集百货零售、餐饮服务、文化娱乐于一体，大观电影院、大众剧场、说书场等大众文化活动场所一应俱全，锅贴、甜沫、草包包子、奶汤蒲菜等济南名优小吃花样众多；布匹服装、烟酒糖茶、包括针头线脑在内的日常生活用品，无所不包。用时下时髦的话说，这是一个“综合体”，是一个有 80 多年历史的“综合体”。仅由此就可领略济南对外开放的悠久历史。从此，我爱上了济南老商埠。随着阅历的增加，这种挚爱与日俱增。因为济南老商埠是百年前济南开埠开放的产物。老商埠因 1904 年济南开埠而生，因 1912 年津浦铁路黄河大桥建成通车及一系列的开放而兴。德国、英国和日本当时在济南建有领事馆，异国情调得以展现，现代工商业逐渐发展。100 多年来，济南老商埠的那些事、那些人、那些景、那些西洋老建筑与老街巷，延续着济南的历史文脉，已经成为承载济南作为全国历史文化名城的重要文化符号，成为体现济南深厚历史文化底蕴的活化石和天然博物馆，是不可再生的宝贵文化遗产。可惜的是，在近 30 年一轮轮城市扩张的热潮中，济南老商埠的记忆渐行渐远。记住这些标志性的景观，保留那些老街巷和老建筑，留下老商埠的记忆，就是保存济南一段特定的历史。

济南老商埠

令人欣喜的是，老商埠在加大保护力度的同时，又增添了许多新的城市记忆：经四纬一路矗立起了新的综合体——万达广场；高达300米的绿地普利中心，刷新了济南高层建筑的记录，成为商埠区最富现代气息的地标性建筑；“高铁”列车开进了新建的西客站和津浦铁路火车老站，从济南乘火车回故乡上海，只需3个半小时，比40年前快了6倍。如今的济南老商埠，纯正的济南口音已经不再一统天下，公交车上，商场饭店里，公园内，工厂里、建设工地上，京腔粤语、吴语侬音、闽南话、客家语、川音、维吾尔语……以及英语、韩语、日语……随处可以听到。大批新“济南人”在老商埠工作和生活，城市记忆几乎每天都在被刷新。从城市的记忆中书写济南的历史，传承后人，以期发扬光大、开创未来，是继往开来的举措，是在今天把济南的昨天与明天紧密对接，是把记忆与梦想紧密对接。

文化是一座城市的灵魂，是城市的特色和魅力之所在，有文化的城市才美丽。城市记忆是一座城市文化底蕴的外在表露，也蕴含着对未来梦想的美好追求。愿济南老商埠的城市记忆世世代代永远留住，时时刻刻不断刷新。

（2013年7月28日）

齐鲁第一古村朱家峪

从济南市中心驱车沿经十东路一直向东，到章丘官庄境内看到一座石牌坊右拐，一个多小时就到了朱家峪。

由北向南走进古村，首先映入眼帘的是一座巍峨的古圩子墙和一个高大的拱形石门。这种布局风格，不禁令我想起了当年提倡“高筑墙、广积粮”的明太祖朱元璋，这古村落莫非明代所建?

果然不出所料，导游介绍说，这村原名城角峪，1371 年即明洪武四年，朱氏家族始祖朱良盛携眷自河北枣强迁来，因与明太祖朱元璋同姓，属于国姓，就改名为朱家峪，至今已有 643 年的历史，享有“齐鲁第一古村，江北聚落标本”之美誉，被建设部和国家文物局授予“中国历史文化名村”称号。

圩子墙横于村东白虎岭和村西雁落山之间，青石高墙，沿山势而建，长约 1.5 公里，宽 3 米。有 3 个门，都用青石砌成，中间为“礼门”，造型很像曲阜孔庙的戟门，只是矮小一些，门庭上面嵌有石质匾额，书“礼门”二字。

礼门的名字源自于《孟子·万章下》：“夫义，路也；礼，门也。惟君子能由是路，出入是门也。”礼门除作为出入口外，还提醒人们要“进礼门，行义路”，做人必须遵循礼仪。进了礼门，顶上是文昌阁，相传建于清康熙十八年，村里一朱姓大户出了一位进士，功成名就后为光宗耀祖，传承老祖宗朱熹“耕读传家”的遗训，期盼村民读书成才、官运亨通，就建了这座雕梁画栋的庙宇，取名文昌阁。

沿台阶而上，只见阁檐下嵌有“学宫仰止”四个大字，两根廊柱上有一副楹联：“文阁览胜广聚日月之精华，慧眼识英大开天地之文章”。庙内供奉文昌帝君，右手揽须，左手握书。内墙四周绘有彩图，东墙为众多状元魁首，身着官袍，头戴乌纱；西墙为一幅龙腾虎跃图，寓有“腾登龙门”之意。据说建了此庙后，这偏僻的小村出了不少举人、进士，难道到小庙拜文曲星果然灵验？导游告诉我们，这个村子一向崇尚文化，连村里的地名都带有书卷气，如村南的山叫文峰山，村西一座山叫笔架山。

明清以来，最多时村里有各类私塾近20处；早在民国初年，这里就兴办了新式的文峰小学。20世纪30年代初，又办起了女子学校，让村里的女孩子上学读书。

一个偏僻的山区小村能够举办女子学校，这在当时的中国农村是非常罕见的。

朱家峪

从文昌阁倚栏远眺，只见东、南、西三面有九座大小高低不露头的青山环绕，古村就像坐在一把巨大的太师椅里，小溪穿村而过，俨然是旧时“枕山、环水、画屏”选择村址理念的一个活标本。在这里览胜，确实可以聚日月之精华：向南远眺，文峰山上的魁星楼与文昌阁遥遥相对，寓意是“魁星点状元，文星主仕途”，有文曲星和魁星庇护，难怪自古以来这座偏僻山村里的学子们能摘星夺魁、文运亨通。

文昌阁东南紧靠着一排青石根基、粉墙黑瓦、整齐有致的四进院落。这是 20 世纪 40 年代建立的山阴小学，后曾改为中学和师范，学校的大门与广州的黄埔军校大门颇有点相像。如今，这里辟建为朱家峪民俗文化展览馆。

出了山阴小学故址西拐，沿村间小路向南，东侧是小山岗，路西是一条小溪，一个个白墙灰瓦的四合院民居依山傍水，朱氏家祠、女子学校故址、进士故居和关帝庙等坐落两侧，有的民居虽比较陈旧，但栩栩如生的门雕、飞檐走兽的屋顶、雕砖精砌的影壁墙，路边摊煎饼、推石磨、摇小纺车的村姑，古老坛井边洗浣的村姑，无不展示出古村落深厚的文化积淀和独特的风土人情。

始建于明代的关帝庙，嵌在一座石墙内，三面用大青石砌成，外加石柱，上横石匾，内有关公塑像。石柱上镌刻有一副楹联：“文官执笔安天下，武将挥刀定太平”，横批为“亘古一人”。村里像关帝庙这样朝拜圣人、祭天求雨、企盼风调雨顺的祠庙很多，如，祭祀孔子、孟子、颜子、曾子、朱熹的五圣祠，还有玉皇祠、山神庙、鲁班庙、观音堂、土地庙等，大都修缮完好，但也有的只剩遗址。

从关帝庙向东，有一块小开阔地，四条小街呈扇形通向全村，各条小街又衍生出许多小巷，形成曲径通幽的独特景观。朱家峪群山怀抱，雨季山水漫流、泉水淙淙，因而村内溪流纵横，小桥很多，最出名的要数坛井北侧两座敞肩式石拱立交桥。这两座桥建成于康熙年间，堪称中国立交桥的雏形。一座在西北，建于康熙九年，一座在东南，建于康熙二十七年。两座立交桥相距 11 米，形成八字形，桥下弯曲的青石板路穿桥而过。桥不高，门洞高约 3 米，宽 2 米，都用石块砌成，石块间并没有用灰泥抹缝，却能严丝合缝地粘连在一起。雨季，古村南侧和东南侧的山水喧嚣奔腾到坛井，顺流而下，水势湍急，冲向立交，但两桥至今仍傲然屹立，十分坚固。平日里，桥上桥下均可走人；雨季，桥上可以走人，桥下可以泄洪。桥下宽敞的石板路兼泄洪道，同古村的排水系统有机地连为一体。整个村子虽然坐落在山坳里，但从未受淹，足见古村先民的聪明智慧。

离开康熙立交，沿村中的东崖头街向东北方向走去，不远处是一棵古槐。据考证，树龄与村龄相同。树干斑驳，胸围有两米多粗，距地面 1.3 米高处已有三个被风雨或虫害蛀蚀的空洞，但树冠依然硕大，枝繁叶茂，树干向西倾斜，像一位驼背而头脑依然清醒的老人，见证着古村的历史沧桑。《闯关东》等多部电影、电视连续剧的许多场景都是在这棵大槐树下拍摄的。大槐树的东侧有两个四合院，据称是《闯关东》

主人公朱开山的老家，许多场景取之于此。从此，古村朱家峪随着《闯关东》的热播而更加声名远扬。

走到东崖头街北头，古圩子墙再次展现在我的眼前。导游告诉我们，清朝末年，战乱频繁，特别是同治年间，捻军三次进入古村所在的县域，村民借助圩墙，抵御捻军。据该村《朱氏家谱》记载："同治年间，朱家峪时遭匪患之苦……全村诸姓氏族长，防患于未然，为确保村民平安，决议修圩门，筑圩墙，建哨门，盖'更屋'，组织民丁，日夜轮流站岗放哨，在圩墙布下土枪、土炮，前来众匪，望圩墙而却步，不敢贸然进犯。"

回望横在眼前的这古圩子墙及墙内的古村落，悠悠岁月湮没不了古村曾有的风采。虽历经风霜，但有文脉在，古老的朱家峪依然年轻，依然充满独特的魅力。

（2013年1月31日）

在玫瑰花盛开的地方

一个春雨潇潇的早晨，我从济南乘车沿济菏高速行驶，一个小时就来到了平阴县城。这是玫瑰花盛开的地方。

当我穿过城西湿地来到平阴镇海棠园时，连续下了大半夜又半上午的雨停了。四月的玫瑰之乡，浸在春色里：雨后的乡野，树木苍翠欲滴，庄稼郁郁葱葱，满园的春色、清新的空气，让人感到仿佛进入了一个“世外桃源”。虽然海棠花已过盛花期，玫瑰花还在含苞待放中，天空还时而飘洒下淅淅沥沥的雨点，但我依然游兴盎然。看着含苞欲放的玫瑰，我不禁想起了《续修平阴县志》上记载的《竹枝词》：“隙地生来千万枝，恰似红豆寄相思。玫瑰花放香如海，正是家家酒熟时。”这首词不仅描绘出了玫瑰盛开时香飘万里的美景，也从一个侧面勾画出了玫瑰花的寓意和用途。玫瑰是属蔷薇科的落叶丛生灌木，茎长满尖刺，花不仅可供人观赏，而且有很高的经济价值。花蕾晒干可以入药，理气活血；花是食品工业和日用芳香工业的名贵原料。从花中提炼的玫瑰油比黄金还珍贵。目前，以玫瑰花为原料的食品、药品、日用化工产品已形成一个产业。平阴已成为全国玫瑰花生产、科研的重要基地，在国际上享有盛名。位于玫瑰镇的玫瑰园，占地 4.67 公顷，集观赏、游览、科研、生产于一体。每年 5 月上中旬，当玫瑰花盛开的时候，这里花含露珠，芳香四溢，紫的艳丽，白的洁白，花海如潮，沁人心脾，令人陶醉。

步出海棠园，我来到了胡庄村西尖山之巅的“露德圣母堂”。这座始建于 1895 年的哥特式建筑，几多兴废，历经风雨，依然保持着独特的魅力：它就像凝固的西洋音乐，吸引着那么多的游人前来游览观赏；像一块特异的磁铁，吸引着那么多海内外的信众跋山涉水甚至远涉重洋来朝圣，着实耐人寻味。胡庄教堂与上海畲山、吉林“江南圣母堂”为全国三大天主教圣地，而与胡庄类似的哥特式天主教堂，平阴境内共有 7 处，加上众多的佛教、道教寺庙，丰富的宗教文化，使玫瑰之乡更加绚丽多彩。

午餐后，我从平阴镇驱车 30 公里来到于林。1985 年 3 月，平阴县由泰安划归济南时，为了把该县情况增写进《济南市情》这部大型资料书，我曾来过此处。那时光对白皮松有很深印象，其他皆未留心。26 年后再到于林，听了洪范镇王保成的介绍，才知道其中的历史。原来于林是明代资政大夫、太子少保、礼部尚书兼东阁大学士于慎行的墓地。于慎行是平阴东阿镇人，隆庆二年考中进士，授翰林院编修，是万历皇帝等三代帝王的老师，被尊称为“于阁老”。于阁老明习典制，文才出众，是明代有名的文学家，著述如贝叶飘香，曾主修《兖州府志》等，明神宗时“文学为一时之冠”。于慎行病故后，万历皇帝为报答师恩，为其在洪范敕建了占地 4 公顷的陵墓。陵园里建有鲜明明代建筑雕刻艺术风格的牌坊及相关建筑。牌坊上方刻有万历皇帝的亲笔御书“责难陈善”。于林正门外有石狮一对；神道西侧有石俑、石虎、石羊、石马相对，形态逼真。陵园里还有近 40 棵白皮松，伟岸苍劲的株型，比水墨画还美的树冠，尤其是白色的树干，显露出独特的珍奇和名贵。据记载，这是当年万历皇帝为报答于慎行的师恩赐栽的，当时有 59 棵。栽白皮松的寓意是穿上白衣为老师守墓。当地同志告诉我，像于林这样的文物古迹和风景名胜还有很多：翠屏山多佛塔，文庙、扈泉、书院泉……这玫瑰之乡原来是一块人杰地灵的风水宝地，我顿时游兴大增。

从于林向南行 1.5 公里就是洪范池。这里东依泰山，北临黄河，群山环抱，清泉涌流，有小泉城之美誉。第一次来到这里距今已有 20 多年了。只记得当时这里的泉水不仅清澈见底且久旱不涸，其他景致和文化内涵则记不清了。这次重访洪范池，才知“洪范”之名来自于《尚书·洪范》篇，取洪水水势洪大而就范之意。洪范池又名“龙池”。据清朝道光十八年《重修洪范池碑记》载：“金完颜时，村人因祷雨辄应，建龙祠于池北，故又号龙池。”龙祠也叫龙王庙，是当时百姓为祈求风调雨顺、龙王保佑而建。可见，洪范池约始建于金代甚至更早些，距今有850多年的历史。龙池大门的上方，“洪范池”三个仿毛体的大字遒劲有力，别具一格。毛泽东的女儿李讷曾携家人来此游览。大门后面，有一个边长各7米的正方形泉池，泉池壁上镌有“龙池”二字，系清代书法家、贡生秦维翰题写。水面平静如镜，清澈见底。泉水乃泰山西麓余脉的山泉渗潜而成。据《东阿县志》载：“池在城南十五里群山之中，突起一高阜，周围咸巨甃，泉仰吐其上，甃石为池。”此泉日涌千余立方，史料记载“不以旱涝消长，不以冬夏变温”，一年四季保持17摄氏度恒温，含有20多种人体必需的微量元素，是权威部门鉴定的国内罕见的优质矿泉水。闻名于世的滋补珍品阿胶，就是用此处和附近众多名泉汇流而成的狼溪河水浸驴皮熬制而成的。泉池的北侧、龙池的门前，两棵有850多年树龄的古柏巍然挺立，枝繁叶茂，树形俊美，给春日的玫瑰之乡平添了独有的春色。夕阳西下时分，我才恋恋不舍地告别这潇洒似我故乡江南的地方。

由于时令未到，我未到玫瑰镇去游玫瑰园，但玫瑰含苞欲放时节平阴就如此令人陶醉，可以想象，当玫瑰花盛开的时候，这里将是何等的迷人。

（2011年5月6日）

黄河从这里流过

黄河从济南城区北侧流过，这里有与我长江口的故乡所不同的历史、景致和风土人情。

黄河从这里流过，我喜欢到黄河岸边踩着黄土漫步，一步步地寻找传说中的脚印，触摸济南悠久的历史。济南因济水而得名，她由于在古济水南岸而取名济南，而古济水的故道即为今天的黄河所据。早在四五千年以前，这一带就有人类定居。商周时代，济南是齐国西境要地，那时的城子崖一带建有谭国。秦汉时期，这里成为一个郡，据《史记》记载，公元前 187 年，“割齐之济南郡为吕王奉邑”，吕王即吕雉之侄吕台，说明汉高后时已设济南郡，“济南”这一地名从此开始出现。济南郡的治所在东平陵，即今胶济铁路平陵车站附近。西晋永嘉六年（312），济南的郡治由平陵城移至历城，即现济南旧城的东部一带。从此，历城一直作为济南郡治的所在地。隋唐时期，济南郡改为齐州，治所仍在历城县，管领历城、章丘、长清、禹城、临济等县。宋金时期，齐州于政和六年即公元 1116 年改为”济南府”。元代，地方政权在省下设路、府、州、县四级，“济南府”成为“济南路”。明代全国划分为 13 个省，济南为山东省的省府。这个时期济南府领 4 个州 26 个县，其管辖范围大大超过前代。清代，济南仍为山东省的省会。光绪三十年即公元 1904 年，经北洋大臣袁世凯会同山东巡抚周馥奏请，清政府在济南自开商埠，“准各国洋商并华商于划定界内租地杂居”。1912 年，津浦铁路黄河大桥建成，全线直达通车。随着商埠的开辟，德、日、英等国相继在济南设立领事馆，并开办银行、商店、邮局、教会、医院、学校等。从商埠至今仍保留的教堂及小洋房等百年建筑，可以窥见近代济南的风貌。1913 年，民国政府废除府州建制设“道”，山东省分岱北、岱南、济西、胶东四道，原济南府署所在地历城县属“岱北道”，仍作为山东省省会。1914 年，“岱北道”改名为“济南道”。1929 年 7 月，将历城县及其四廓从中析出，设立济南市，建立市政府，济南成为黄河下游南北交通中枢。1948 年 9 月 24 日，济南宣告解放，黄河下游的这座千年古城开始谱写出历史的新篇章。

黄河从这里流过，我喜欢这里南北兼有的风光。在济南老城区的街巷中徜徉，犹如回到了我的故乡江南。因南依泰山、北临黄河、地势南高北低、泰山山脉的降水渗过裂隙岩溶向北潜流，被黄河南岸的辉长岩体堵截，形成压力水头，在低洼的城区形成了趵突泉等四大泉群和众多名泉，加上众泉汇流而成的大明湖及千佛山等几大名胜，景色胜似江南。“家家泉水、户户垂杨”，“四面荷花三面柳，一城山色半城湖”，“济南潇洒似江南”，历代名人雅士留下的这些赞咏济南的诗句，正是这秀丽景色的真实写照。我也常到城北的黄河大坝上欣赏黄河风情：黄河犹如一条玉带，在这里拐了几道弯后奔向大海。我喜爱黄河边的济南，喜爱从济南流过的黄河。这段黄河虽没有“黄河之水天上来，奔流到海不复回”的气势，但以河道弯曲、水流湍急、地势险峻著称。春夏秋三季，黄河两岸林木葱郁，花草争艳，天光水色绿茵交融，河南岸的黄河公园、河北岸的黄河森林公园，成为市民休闲娱乐、拥抱自然的好去处。星期天或节假日，许多年轻夫妇带着孩子在河里淌水、玩黄泥巴，意趣盎然；有的乘坐快艇，迎风搏浪，饱览黄河两岸风光；有的在大坝上或河边席地而坐，用望远镜观看河里的野鸭戏水；有的在坝上的亭子里、树荫下观澜休憩，微风拂面，好不惬意；还有的以百年老桥胶济铁路黄河大桥和改革开放以来新建的几座黄河大桥为背景照相留念，领略近代济南和当代济南的不同风貌，欣赏鹊、华二山隔河对峙的济南黄河的独特风情。主汛期的河面，洪水陡涨，浊浪排空，漩涡湍急，此时站到大坝上，看着奔腾不息的黄河，心潮也随之激荡澎湃，五千年的风雨岁月，五千年的壮烈景象，一起在眼前浮现；华夏儿女沸腾的血液、自强不息的呐喊，一并在耳边回响。我也喜欢在隆冬时节去看黄河，此时两岸虽然绿色褪尽，河面也变得波平澜静，但没有一点荒凉的感觉，倒更能领略和体味母亲河那粗犷博大、雄浑壮阔、气势恢宏、质朴自然、自强不息的本色。

黄河从这里流过，我喜欢到河边观看浪的冲击与积淀，联想济南这座千年古城丰厚的文化底蕴。章丘城子崖遗址是首先发现龙山文化的地方。1928 年在这里发掘了古城文化遗址，其文化特征显然有别于中原仰韶文化，尤以薄而光亮的黑陶最引人瞩目。它代表着一种前所不知的文化类型，被命名为龙山文化。龙山文化是我国两支史前文化之一。它的发现和命名，不仅代表济南的古代文化光辉灿烂，而且为研究中华民族的历史提供了丰厚的宝藏。长清区孝堂山郭氏墓石祠是全国现存最早的地上房屋建筑，历城区柳埠的四门塔是全国现存最早的石塔。长清区万德镇北魏时期的古刹灵岩寺是我国四大名刹之一，灵岩寺内的宋代彩塑罗汉，曾被梁启超称为“海内第一名塑”。这些文化古迹具有重要的艺术价值和历史价值。济南不仅文化古迹众多，而且文人名士荟萃，神话传说美丽动人。相传远古时代的部落联盟领袖舜曾在历山即今千佛山下耕作，所以千佛山也称舜耕山，老城区有舜井，趵突泉畔还曾建有娥英庙。相传战国时期的名医扁鹊是济南长清人。我国最杰出的女词人李清照、南宋大词人辛弃疾也是济南人，被誉为“济南二安（易安、幼安）”，在中国文学史上有很高的地位。历代在济南祖居或客居的名士有数百人。曹操曾于中平元年即公元 184 年起当过 3 年济南相。宋代文学家曾巩曾在济南任齐州知州。唐代大诗人杜甫于唐玄宗四年即公元745年游历济南时曾在古历亭宴饮作诗，赞美“海右此亭古，济南名士多”。近代以来，济南涌现的名人名士则更多。

黄河从这里流过，母亲河滋润着这片神奇的土地，济南古老又年轻，粗犷亦灵秀。

（2013年12月31日）

秀气的济南

曾有人对济南的印象是“土”气。30多年前，我刚从江南来到这里时也有这样的感觉。但久居济南，对她了解多了，才发现她虽然不如京城大气，也比不得申城的洋气，但却有一种独特的秀气。这绝不是我的偏爱，而是她委实蕴含在济南的山、水、城中。

济南的山秀气。济南南部是山区，她是泰山山脉的余脉，从东岳绵延而来，山峦起伏，群峰叠翠。其中最有名的是千佛山。此山虽不高，但却俊逸灵秀。无数栩栩如生的佛像，凿刻于山崖峭壁上；苍松翠柏覆盖的山坡上，千年古刹兴国禅寺掩映其间；绿荫蔽日，曲径通幽；牌坊茶社，星星点点，给人以白云深处有人家的遐想。山上山下，步步是景，处处是画。整座佛山，犹如矗立在泉城南侧的一幅壁画。恰如晚清小说家刘鹗在《老残游记》中描绘的：千佛山“仿佛宋人赵千里的一幅大画，做了一架数十里长的屏风”。其实，像这样秀气的山，在济南南部还有许多许多：龙洞山、五峰山、灵岩山、莲台山、红叶谷、水帘峡……一座座青山，不仅成为济南的一个个天然氧吧，而且成为市民休闲旅游、拥抱自然的绝佳去处。

济南的山特别受看，一年四季风光变幻，各有独特的秀色。阳春三月，山上先是杏花吐蕊，白的似雪，红的艳红，煞是好看。随之，桃花争艳，桃红柳绿，分外妖娆。四月，雪白的梨花又在山坡上怒放，远远望去，如朵朵白云在山间缭绕。到了五月里，漫山遍野的槐花，清香袭人，令人赏心悦目。夏天的南部山区，雨水多，植被好，浓荫蔽日，气候凉爽宜人，特别是雨中的山上，烟雨蒙蒙，云雾飘飘，如入人间仙境。雨后初霁，碧空如洗，青山苍翠欲滴。

秋天的南部山区，宛如一幅色彩斑斓的大写意山水画，墨绿，金黄，火红，特别是红叶谷、莲台山等山上的红叶，如诗似画，魅力无比，令人陶醉。去年秋天，上海一位友人看了红叶谷后，大加赞赏，认为比香山红叶更好看。还有那山坡上的棵棵柿树，片片柿林，红灿灿的柿子挂满枝头，好一幅泉城秋色图，美不胜收。

冬天看济南的山，繁华落尽，更显其本真的美。线条流畅，起伏有致，从不同方位透过风景视廊看千佛山、马鞍山，天寒地冻也裹不住它们秀美的身姿，朴素的装束掩不住它们的天生丽质；雪后，山上银装素裹，显得分外洁雅秀美。

济南的水灵秀。水是生命之源，有水才有灵气。天下水好的地方很多，因好水而出名的城市也很多，但像济南这样灵动秀丽的水却不多见，因为济南的水是泉水。

济南泉水给我印象最深的是活。许多地方的泉水是平静的，而济南的泉水是涌动的。因为，济南的泉水是在天赐的自然条件下形成的。由于济南地势南高北低，北部是平原，南部山区的潜流顺势北下，被黄河南岸的辉长岩体堵截，形成压力水头，在济南城内喷涌出来，从而形成了众多泉群。有趵突泉、黑虎泉、珍珠泉、五龙潭、百脉泉等十大泉群及七十二名泉。济南的泉水千姿百态：趵突泉、墨泉、梅花泉，都因自然压力大而形成了水涌若轮、喷突腾空的天下奇观。遇冬日，当气温低于泉温时，趵突泉云雾润蒸，犹如仙境一般。而珍珠泉、百脉泉等名泉，涌流的状态则是从泉池底部冒出串串水泡，犹如颗颗珍珠，恰像清代学者王昶所描绘的那样：“泉从沙际出，忽聚忽散，忽断忽续，忽急忽缓，日映之，大者为珠，小者为玑，皆自底以达于面”。五龙潭在丰水期还呈现出清泉石上流的景象。这涌动的泉水比起静态的泉水，自然多了几分生机与活力。

济南泉水给我的另一个深刻印象是清，清澈见底。这也是赏过济南泉水后游人的共同感受。他们大发感慨：没见过这么清的水。是啊，泉水给了济南以灵气和特色，如黑虎泉、白石泉的水喷涌流入护城河后，形成小河弯弯绕城头，清泉倒映琵琶桥，柳枝拂水荡轻舟，济南潇洒似江南的秀丽景色。水生泉，泉润人，灵秀的泉水是济南的一张城市名片。

济南有山有湖，南部的千佛山，北部的大明湖，湖中的荷花和岸柳，形成了“四面荷花三面柳，一城山色半城湖”的秀丽景色。大明湖由众泉汇流而成，湖水浩淼，清波拍岸。湖心小岛，花木扶疏。无论春夏还是秋冬，只要来到大明湖，都有不同的美感撞击心扉：初春看柳树吐翠，欣赏春的韵律；盛夏观荷花绽放，感受十里荷香；即使到了冬天，树叶落光了，大明湖仍似一幅水墨画，百看不厌。无论是旭日东升时光，还是夕阳落山之际，大明湖都以不同的韵味显出朴素自然的美，佛山倒影、汇波晚照……一个个景观令人流连忘返。大明湖南岸的遐园、趵突泉公园，都是精致的江南园林风格。

沧浪亭荷花

济南的曲水亭、王府池子一带老街巷，青瓦白墙的四合院，石板铺成的小马路，清流潺湲，水草青青的溪河……让人迷醉。在这里徜徉，就会感到摆脱了闹市的喧嚣，进入了一个宁静优雅的世界。原先我以为这只是我个人对济南的偏爱，没料到当我陪同一批批来自北京、上海、天津及胶东的朋友们游览济南主要的景点后，问他们对哪里印象最深？感到哪处最美？几乎众口一词：曲水亭、王府池子一带。是的，这样的秀美确实是济南所独有的，否则，刘鹗怎么会在《老残游记》中以生花妙笔赞咏济南“家家泉水，户户垂杨，比江南风景更为有趣”呢？

济南的文化厚重秀雅。这里是龙山文化的发祥地，国家级的文物古迹很多：城子崖遗址是首先发现龙山文化的地方；孝堂山郭氏墓石祠是全国现存最早的地上房屋建筑；四门塔是全国现存最早的石塔；灵岩寺彩塑罗汉是我国古代雕塑艺术的瑰宝，被梁启超誉为“海内第一名塑”。这些中华民族优秀的文化瑰宝是济南的骄傲。济南是文人墨客向往和赞咏的地方，历代名人雅士游历济南，留下了许多赞咏济南的诗词散文、名篇佳句。从金代诗人元好问的“羡煞济南山水好”“有心长作济南人”、唐代诗人杜甫游历大明湖历下亭后写的“海右此亭古，济南名士多”、清代小说家蒲松龄笔下的“明湖轻舟、佛山翠嶂、鹊华烟云、趵突涌泉”，到现代文学家老舍的散文《济南的秋天》《济南的冬天》，无不体现着济南历史文化的源远流长，厚重秀雅。宋代著名词人和文学家李清照、辛弃疾，更是在济南这块沃土上由泉城丰富的乳汁哺育出的千古名人。至于千千万万的普通济南人，淳朴、善良的心灵要比这山、这水、这城更秀美！

秀气的山，秀丽的水，秀美的城，秀雅厚重的文化，秀净心灵的人……让客居泉城三十余载的我从内心感受到：秀哉，济南。

（2006 年 1 月 13 日）

有心长作济南人

19年前，我大学毕业从故乡上海来到济南。乍离开秀丽润泽的江南和繁华的滨海都市，来到这个北方内陆城市，第一个印象是：脏、土、差。

看惯了上海鳞次栉比的高楼大厦、星罗棋布的商店、热闹繁华的市面，感到济南的街道是那样的狭窄，马路两边的房屋是那样的低矮，商业网点是那样的稀少，市面是那样的冷落。用惯了上海花色品种繁多、质量上乘的轻工产品和日用品，感到济南商店里商品品种少、花色单、款式旧，尤以服装为甚。上海的早点供应网点多、花样多，而济南网点少，花样也少，连油条这种最普通最常见的早点，也只能买凉的，几乎看不到有现炸现卖的。上海大街小巷都是柏油铺的，加之海洋性气候，空气比较湿润，街道上尘土少；济南市裸露的黄土地面比较多，晴天满街灰，雨天两脚泥。特别是春天，大风夹着沙土铺天盖地卷来，实在有点煞风景。特别令人难忘的是，每次路过护城河，看到两岸杂草丛生，犹如看到乡间小溪，一种“济南就像个大乡镇”的感觉油然而生，总感到济南缺少点现代化大城市的气派。目睹眼前的一切，我迷惘了，难道这就是我的第二故乡？

如今19年过去了，特别是通过近10年的改革开放，济南变了，变美了，变繁华了。原来狭窄的马路拓宽了，纬二路、经十路、历山路、舜耕路，一条条马路宽阔平坦，一排排路灯新颖别致，马路两旁不仅绿树成荫，而且还建有花坛式分车隔离带。花坛里三季有花，四季常青，这比连棵树都栽不下的上海南京路可开阔漂亮多了。现在，每当我在纬二路散步时，总感到是那样的惬意。

陈旧的市容变新了，冷清的市面繁华了。电报大楼、东图大楼、劳动培训中心大楼、体育中心……一幢幢造型别致、颜色淡雅的现代建筑拔地而起。顺河街、舜井街、朝山街……一条条商业街典雅、洒脱、热闹非凡。天桥、黄河公路大桥、八一立交桥……一座座桥梁凌空飞架，犹如彩虹贯天。泉城交通，四通八达。这些，都使古老的泉城开始展现出现代化大城市的风采。

商店的商品丰富了。说来不怕难为情，来济南的头几年，我嫌这里的日用品差，便千方百计从上海捎，连牙膏、香皂都是用上海的。现今，济南的轻纺工业有了很大发展，优质名牌产品大量涌现。康巴丝石英钟、小鸭·圣吉奥滚筒洗衣机、趵突泉啤酒等“五朵金花”，誉满神州，名扬天下。我也以用济南产品为自豪。现在，每当老家亲人来济时，我总要拿出济南产品来招待：

喏，这是趵突泉啤酒，获国家银杯奖；喏，这是佳丽香皂，是部优产品……从上海捎日用品的历史早已结束了。

济南的食品和早点繁多了。这几年打开城门以后，各地的风味小吃纷纷进城，济南原有的风味小吃也得到了恢复和创新。炸糕、馓子、油旋、包子……应有尽有。特别是英雄山早市的风味小吃，各地小吃名目繁多，不亚于上海的城隍庙。

济南的环境变美了。趵突泉、大明湖、千佛山三大名胜经过建设大放异彩，万竹园、五龙潭、百花公园更添锦绣。特别是环城公园的建成，使古老的泉城挂上了一条绿色的项链，

黑虎泉

将趵突泉、黑虎泉、珍珠泉、五龙潭四大泉群融为一体。昔日杂草丛生的护城河两岸，绿树成荫，花团锦簇，亭阁水榭，点缀其间，嶙峋怪石，突兀岸边……现在，我被环城公园的优美环境所吸引，节假日，我总愿意携妻子儿女来散步。花前柳下，空气清新，令人陶醉。由于大量的绿化和小街小巷的改造，济南的风沙小多了，街上的尘土明显减少。再加上这几年推行环卫责任制，马路干净整洁，当年尘土飞扬、纸屑痰迹遍地的景象已经不见了，吹来的风也柔和多了。

变化最大的要数济南人了。刚来济南时，感到济南人淳朴豪爽、热情可亲，但未免有点闭塞，节奏慢，眼界不够开阔，容易满足于现状。19 年来，特别是通过改革开放，济南人的节奏加快了，眼界开阔了，现代化意识浓了。“高标高效，务实求实，团结拼搏，上优创新”的济南精神，激励着 400 万济南人在各项工作中“上台阶，创一流”，谱写社会主义现代化建设的新篇章。

啊，济南，我的第二故乡。我为您的进步而高兴，为您的变化而自豪。我虽仍时常怀念和向往那生我养我、富有魅力的故乡上海，但更留恋和热爱这“四面荷花三面柳，一城山色半城湖”、潇洒似江南的第二故乡济南。居于济南 19 年，泉城人民用甘甜的乳汁养育了我，我的根已经扎在泉城大地上。“羡煞济南山河好”、“有心长作济南人”，用金代诗人元好问的两句诗来表达我此时的心情，是最恰当不过的了。

（1989 年 9 月 17 日）

从长江口到黄河边

长江口，黄河边，是我人生的两个圆心，也是共和国沧桑巨变的两个缩影。

长江口，有我可爱的故乡。63 年前我出生时，长江入海口南岸的这个小村只有 5 户人家，家家住着低矮破旧的小平房，有的甚至是草房。一条小河环绕着村子，只有南边才有一条小路通向村外。5 户人家都是贫苦农民，日出而作，日落而息，靠种几亩薄地维持生计，日子过得十分艰难。村里比我年龄大的人没有一个上过学，我家祖祖辈辈也都是文盲。我是幸运的，1953 年就上了附近的一所完小，从小学、初中、高中，直到大学，整整上了 17 年学，学费都是国家全免的，5 年大学期间每月还享受 18 元 5 角的“人民助学金”。到我大学毕业离开故乡的时候，村里的吃饭问题是基本解决了，但靠种地挣工分，年终生产队分配的时候，劳动力多而强的人家一年下来分不了几十元钱，劳动力少而弱的人家，年年都是透支户，辛苦劳碌一整年，扣除生产队发的粮食和柴草，还要倒欠生产队几十元钱。因此，在我 30 岁前，几乎没有看到村里和邻村有一家盖新房的。

黄河边，有我的第二故乡济南。20 世纪 70 年代初大学毕业来到黄河边的济南，至今已在这里工作生活近 40 年。记得那时在长三角的一个部队农场接受解放军再教育，离别农场来到济南工作前，连指导员半开玩笑半认真地对我说："山东可是个穷地方，你坐上火车，列车运行时发出的'轰隆隆、轰隆隆'的声音，就是'山东穷、山东穷'的谐音；火车刹车时发出的'咯吱吱、咯吱吱'的声音就是'地瓜干、地瓜干'的谐音。山东很穷，连大米都吃不上。"来到黄河南岸的济南，我的第一印象虽不像农场指导员所说的那么穷，但与

大明湖

故乡上海相比，的确更显落后：从老城区到商埠区，看不到一座高层建筑。泉城路上的济南百货大楼、历山路解放路交叉口的历山旅社、经二纬四路口的百货一零等这些三至四层的建筑，是当时济南的地标性建筑。济南的市面比较冷清，各类商店都特别少，我记忆中全市的综合百货店只有百货大楼、百货一零、经七纬一路的济南百货公司、济泺路百货店等几处，大观园、人民商场、新市场和西市场等百货市场几乎都是平房，规模不大。晚上，街上几乎看不到霓虹灯，许多次干道和小街小巷都没有装路灯，黑乎乎的。那时的济南还有一个现象是要饭的多。我在十亩园一个机关宿舍住了10年，每到春天青黄不接的时节，宿舍楼里经常响起讨饭人的敲门声，那些衣衫褴褛的大人怀抱着面黄肌瘦的小孩，用哀求的声音喊着："大爷大娘大哥大嫂行行好，给我一个馒头吃。"当时，农村的温饱问题还没有完全解决。

改革开放犹如春风化雨，滋润了长城内外、大河上下。从长江口到黄河边，处处焕发出新的生机和活力。

长江口的故乡面貌大变了。在大学毕业后刚离开故乡的10多年中，我几乎年年春节都要回老家过年，故乡给我的印象几乎是定格的：一条小河环绕着一个小村子，5家人家低矮的小平房沿河一字形排开，每家都只有两至三间小平房，做饭、吃饭、睡觉甚至猪窝、鸡窝都在这个小平房里。1983年当我再次回故乡时，未料到，一切都变了，本来闭上眼睛都不会走错路的故乡竟然让我迷了路：原来的小村子没有了，眼前是一个有几十户人家的大村庄；原来低矮破旧的小平房不见了，家家都建起了崭新的两层小楼，一排排整整齐齐的；环绕村子的小河看不到了，一条大河在新村庄的西边流过，满载建筑材料的拖轮鸣着欢快的汽笛在河里航行……原来，由于宝钢建设的需要，我家那个小村子连同周围的许多小村子全都拆掉了，以生产队为单位合并新建成了一个个农民新村。之前老家来信说过，但我怎么也想象不到居然变化到能让我迷路的程度。当兵又回家当农民的弟弟进了宝钢高炉食堂，村子里几乎家家至少一人进宝钢当工人。乡里、村里也办起了服装厂、制鞋厂、电视天线加工厂、建筑材料转运站等乡村企业，村里的青壮年农民几乎都进厂当了工人。故乡的农民开始告别挣工分、没钱花的岁月，进入了有工资收入的年代。进入到 20 世纪 90 年代以后，村里多数人家的楼房拆了新建，换成第二代，部分人家的楼房已换成了第三代，农舍成为小洋房。我弟弟的楼房虽只重建过一次，留在二代水平上，但家里铺了地砖，用上了自来水、抽水马桶，设置了淋浴室，装上了电话和卫星接收天线，连垃圾也有专职环卫工人集体收集、清运，楼前种了花草，室内外环境和饮食的讲究程度，已不亚于城里。村民每月可以领到 460 元的生活补贴，生活质量明显提高了。

黄河边的济南气象更新了。济南变高了，数百座高层建筑拔地而起，千年古城展现出现代新姿。济南变绿了，环城公园、泉城公园、济南植物园的新建，趵突泉和大明湖公园的扩建，使拥有三大名胜、七十二名泉的泉城更加钟灵毓秀。

济南变美了，道路变宽了，街景变雅致了，市面变繁华了，背街小巷都装上了路灯，每到傍晚，五光十色的霓虹灯、射灯亮起来，夜幕下的济南流光溢彩，靓丽璀璨。济南生活变方便了，交通通讯方便了，我刚来济南的头十来年，与故乡亲人打电话不方便，写信是主要的通讯方式，打电话只有经二路邮局才有长途电话间，老家还不通电话，遇急事只好发电报。当时交通不方便，火车是唯一的交通工具，回一趟老家仅坐火车就需二十几个小时，非常辛苦。现在，与家乡亲人打电话不仅有宅电，还有手机和网络视频电话，随时随地可以通话联系。乘动车回上海 7 个多小时就能到达，坐飞机只需 1 个多小时。购物方便了，超市、购物中心等各类商业网点遍布全市，商品应有尽有，短缺经济时代每次从老家回济南总要大包小包地采购上海货的日子一去不复返了。济南变得更加开放了，街上的外国人多了，有的是来学校和工厂工作的，更多的是来经商和旅游的。济南人和济南产品也走出了国门。济南变强了，城市形象提升了，第七届济南国际园艺博览会和第十一届全国运动会的即将举办，使泉城这颗璀璨的明珠更加绚丽夺目，发展前景更加美好。

从长江口到黄河边，我随着祖国前进的步伐，走过了整整一个花甲，在耕耘与收获的同时，也见证了神州大地潮落潮起、沧海桑田的历史变迁。

（2009 年 7 月 21 日）

故乡的小镇

拂去岁月的尘埃，撩开往事的烟云，年轻时的许多记忆逐渐淡忘乃至消失，但故乡罗店镇那由老街、小河、石拱桥构成的江南水乡古镇风貌却依然清晰地浮现在眼前，历历在目。

罗店镇处于现上海宝山区、嘉定区和郑和下西洋起航地的江苏太仓县这两省市三县区的交界处，始建于元朝至正年间，至今已有660多年的历史。相传有个叫罗升的人在此经商开店，故而得名。镇上有练祈河自西而东流过，故又名罗溪。此外，还有狄泾等几条河流在镇上纵横交错，与吴淞口的长江相连。亭前街、塘西街、布长街等“九街三湾十八弄”，分布在河道两侧。

罗店镇水陆交通发达，经济繁荣。远在明代万历年间，就是一个物产丰富、商贾辐辏的商业大集。到清代康熙年间，又发展成为一个颇具特色的棉花、棉布交易中心，吸引了大批徽州客商，生意兴隆，成交额超过附近另一号称“银南翔”的名镇，十分富庶，因此有“金罗店”之美誉。镇上名人名居很多，但1937年“8·13”日寇从浏河口上岸途经此地，烧杀虏劫，破坏殆尽。抗日战争胜利后，特别是新中国成立后，战争的创伤得到医治，小镇又重现昔日的繁华。从我记事起，街上的商店就鳞次栉比，肉食店、水产店、百货店、副食店、理发店、土杂店、饭店、洗染店、中药店、西药店等一应俱全，人流、物流非常密集，市面繁华。老街上饭店很多，一般都是两层楼。在楼上找个位子，凭窗而坐，一边品着具有地方特色的小吃，一边看着街对面酒店二楼上近在咫尺的厅堂、客人，真有“竹帘卷垂影绰绰、此时相望不相闻”的意境。老街上茶馆也很多，去喝茶的不仅有镇上的居民，还有小镇周围十里八乡的老农。茶馆开门很早，价格也很便宜，

江南小镇

二三毛钱泡一壶茶，一喝就是一早晨，边喝边聊边听苏州评弹，非常惬意，茶馆成了当时人们休闲娱乐、交流信息的好去处，构成一幅鲜活的市井文化情趣图。

我印象最深的老街有亭前街、塘西街和布长街三条。亭前街是古镇最主要的商业街，整个街道沿练祈河北岸东西展开。街道南侧的房屋是典型的江南水乡古镇上的商业用房建筑格局：前面是店堂，后面临河建楼房，底层是水桥或码头街道。河上有来龙桥、张家桥等几座石拱桥。站在石拱桥上放眼望去，只见清澈见底、碧波荡漾的河面上，有水乡人摇着橹的小船缓缓漂流；杨柳垂拂的小河边，女人们蹲在水桥上洗衣服；入夏之后，男孩们在河里游泳嬉戏，一派欢歌笑语，好一幅“小船轻轻水中走，人在美景画中游”的江南水墨大写意。元代马致远思乡之作《秋思》中“小桥流水人家”的名句，就是这一景象的生动写照。老街都由石板铺成，两侧布满了两层楼房，临街一面大都是木板墙、木板门、木板窗。塘西街是镇上的另一条南北向的主要商业街道，著名的祥茂南货店过去就在这条街上。布长街因当年布商云集而得名，街上有个戏院。记得20世纪50年代初我曾跟着奶奶到戏院看过越剧《白蛇传》、沪剧《罗汉钱》等，虽然那时戏院里条件简陋，座位全是长条木凳，很窄，但演员洪亮的嗓音和字正腔圆的唱腔依然萦绕在耳边。

家乡有种很有意思的风俗——拜神求雨。有一年，我们那里遇上了干旱，村里人就把东王庙、玉皇宫里的神抬到场院里，村民们跪到地上，烧香拜佛，祈求老天保佑，能够风调雨顺，带来一个好年景。虽然几乎回回求而不得，但在我童年的记忆中却留下了深刻印象。

童年时代，故乡小镇上最吸引我的是端午节的龙舟表演。我家住在离小镇有10里远的乡下。村上一个邻居年轻时嫁到了小镇上，家就安在举行龙舟赛的罗溪河边。每逢端午节龙舟赛，奶奶总带我隔夜就赶到镇上，借住在她家。第二天一清早，我们就在河边占据有利位置，欣赏龙舟表演。正是江南好时节，波映古镇柳映桥。清澈的河流上，五六艘龙头昂起、龙尾摆动的龙舟被水手们划得飞快向前，穿过那弯弯的石拱桥，呈现出明代诗人边贡在《午日观竞渡》中描绘的“共骇群龙水上游，不知原是木兰舟。云旗猎猎翻青汉，雷鼓嘈嘈殷碧流”的壮观景象。特别令我惊奇的是，每艘龙舟的船头都立有铁柱，选十三四岁的少年扮成戏曲人物扎缚在铁柱上，谓之“出彩”。这是20世纪50年代故乡小镇繁华景象和民俗风情的真实写照，也是我对家乡最难忘的记忆之一。

故乡小镇润泽的气候、丰富的物产、水墨画似的风景、别有情趣的市井生活、悠久的历史和深厚的文化底蕴，培育了许多名人名士，当代著名儿童文学作家陈伯吹和中科院院士、曾任北京大学校长的陈佳洱就是罗店镇上人。从1959年起到1962年，我在镇上读了三年初中，每天来回走读，天天穿过小镇上的老街小河石拱桥，对小镇的印象更加深刻，也更加一往情深。所以，当周庄古镇出名、许多游客向往她时，我有点不以为然，我说周庄这样的小镇在长江三角洲很多，我们罗店镇就有类似的风貌。大学毕业离开故乡来到现在居住的这座城市以后，每每回乡总因来去匆匆，无暇去镇上看看。前几年故地重游，希望找回青少年时代我对家乡古镇的印象，但小镇已发生了巨大的变化：当年贯通小镇南北的繁华商业街塘西街已拆除，代之以火柴盒式的商业楼，老街青石板路铺成了沥青路；由于乡镇企业在快速发展中不注意保护环境，穿镇而过的小河水被污染后发臭，两侧居民实在忍受不了，镇上只好把小河填了一段，石拱桥成了旱桥，石缝里长满了青草。在古镇风貌逐渐消失的同时，新城建设拔地而起：作为上海市确定的全市9个中心镇之一，在古镇东南侧，包括我家所在的行政村在内已被拆迁，具有欧式风格、现代气息的新城区开始建设，草坪、别墅、高尔夫球场，宽阔的人工湖，专销世界名牌的欧式商业街，五星级的国际会议中心，这一切使我对生我养我的家乡感到既亲切又陌生，我为家乡的巨大进步而高兴，但又为记忆中那老街、小河、石拱桥、石板路构成的水乡古镇风貌在工业化、城市化进程中消失而遗憾。

令人欣慰的是，最近家乡传来消息，已经成立了恢复古镇风貌规划建设的机构，对保留下来的老街进行修旧如旧的整修，罗店镇的划龙船习俗也被列入国家级非物质文化遗产名录，这必将重现小桥流水人家的古镇风貌，使老镇和新城交相辉映，更加璀璨夺目。这个迟来的消息，委实发人深思。

（2005年7月1日）

难忘家乡的马兰头

又是“暮春三月，江南草长”的季节，又让我想起家乡的马兰头。

马兰头，也叫马蔺、马莲，是一种多年生草本植物的叶片，似兰而大，颜色深绿，梗子呈暗红色，故我们乡下人都称它为红梗菜。马兰可制蓝靛，又能入药。其尖嫩的头俗称马兰头，气味芳香，入口甘爽。每到清明谷雨时分，春雨霏霏，万木葱郁，马兰头也在这润泽的气候里破土而出，茁壮成长。马兰头似乎天生甘愿贫寒，并不追逐阳光沃土，而是长在田间地头、路边河畔和农舍的房前屋后；它也并不独占风头，而是甘愿埋没在野草丛中。马兰头的根系与茅草一样发达，根扎得很深，繁衍得很快，土地再坚硬再贫瘠，它都不怕，只要有点水分，就能穿透土层发出芽来，顽强地生长。

我小时候家里很穷，冬天连蔬菜都很难吃到。所以每到春天马兰头长得最壮最嫩的时候，奶奶就让我到地头路边小河旁摘马兰头。摘它数十斤，拿回家挑拣后洗干净，在砖砌的灶头上的大铁锅里烧上大半锅水，开了后把马兰头放进去搅几下，烫一烫，捞出来滴干水，放到太阳下晒成马兰头干，最后储藏到瓦罐或坛子里。马兰头干刚晒好的时候清香清香的，特别好闻。等到没有鲜菜的日子，便从坛子里抓出一把，在冷水里泡一泡，放到大碗里，滴上几滴菜籽油，加上盐，做大米饭时顺便蒸一蒸。到饭焖熟的时候，马兰头干也蒸熟了。蒸马兰头干，这在五六十年代的江南农村里是一道家常菜。

咏赞马兰头的诗词民谣很多，宋朝著名文学家陆游在《戏园中百草》中“离离幽草自成丛，过眼儿童采撷空；不知马兰入晨俎，何似燕麦摇春风”的诗句，寥寥几句就道出马兰头的特点，又鲜活描绘出一幅江南春趣图。马兰头并不好寻找，有的地方一棵也找不着，而有的地方却一找一大片。由于它喜欢挤在杂草丛中，有的野草跟它十分相似，往往很难识别。而我在上小学前后，就已经成为村子里摘马兰头的小能手。腰里束上母亲用土布做的大袋子，来到村后清澈的小溪边，头顶白云飘浮的蓝天，脚踩葱翠的大地，闻着野草的清香，吸着清新的空气，看着飞舞追逐的彩蝶，听着鸟啼虫鸣，这江南水乡大自然的交响曲，使我感到特别的惬意和愉悦，双手也变得灵巧起来，半天准能摘满一大袋子。摘得多了，有的人家有时也拿到小镇的集上去卖，换几个钱。

马兰头是有季节性的。5月份以后，随着气温的升高，它就变老了，开出血青色的类似千头菊的小花，一片片的马兰花，煞是好看，构成水乡所特有的质朴的自然美。

长三角一带的人大多爱吃马兰头。随着生活水平的提高，马兰头这种野菜开始从农村走向城区，不仅出现在城市居民家庭的餐桌上，而且堂而皇之地摆到了大酒店的高档宴席上。马兰头末拌豆腐干丁，不仅清火明目养肝，而且特别清香爽口，使普通市民和吃腻了高档宴席的人都十分喜欢。这样，马兰头再靠人工到田间地头去摘野生的就供不应求了，许多菜农开始在菜地里大面积种植，甚至反季节种植，如今春节也能吃到马兰头，但价格很贵，高时一斤要卖到十多块钱。

我现在生活的这座城市的农贸市场上似乎没有马兰头，自从离开家乡到这里 35 年来，买菜从来没有见到过它。从小养成的喜好和习惯又很难改，加上老妻也是同乡，对马兰头情有独钟，因此，每年的三四月间，遇到节假日，我们到公园或近郊农村游玩时，都会不经意地察看山坡上、小路边、野草丛中有没有马兰头。前几年的一个春天，我们逛植物园时，在一块野草丛中发现了一大片马兰头，简直如同他乡遇故知、哥伦布发现新大陆，那亲切、那兴奋、那激动，甭提了！郊外不少地方都有马兰头在繁衍生长。每每发现，我们就蹲下来动手摘，那感觉仿佛回到了家乡，回到了童年，既放松又愉悦，尽情地享受生活，回归自然。去年春天，我们从野外连根带土挖了一团马兰，回家种到了两个花盆里，一直长得很旺。去年冬天天气特别寒冷，两盆马兰放在露天，曾以为冻死了，未料到开春又发芽，4月份的几场春雨，浇得盆栽马兰头长势喜人，放置这两个盆的地上也长出了大片的马兰头。天寒地冻冻不死，环境恶劣仍葱茏，马兰头顽强的生命力真令人羡慕！

谷雨过后，又到马兰花香时。随着工业化、城市化进程的加快，推土机的隆隆轰鸣，不知童年和少年时代家乡的房前屋后、田间地头大片大片的马兰头还有吗？

（2005年4月29日）

油菜花开灿江南

又是三月艳阳天。一畦畦碧绿的麦苗，一片片金灿灿的油菜花，绿苗泛波、黄花如海、清溪潺潺、炊烟袅袅，这是三月的江南，是我记忆中的江村春光图。

油菜花是带着泥土香味儿的花，是与农民、农家相随相伴的庄稼花。油菜花朴实无华，不像桃花那样艳丽，艳得那么妩媚动人；不像梨花那么洁白，白得那么纯净素雅；不像迎春花那样善于争春，抢先把春的信息报送到人间；也没有牡丹那样的国色天香，独占一份雍容华贵。单株的油菜花，菜萁瘦瘦高高，没有绰约的形体；单朵的油菜花，只有一种色调，小小四个花瓣，简直难称其为花。所以，它难登大雅之堂，以至于少见历代文人墨客留下赞咏它的诗篇，唐诗宋词元曲这些千古典籍中也鲜有描绘它的词句。然而，当春风拂来，仿佛是一夜之间，满地绿野突然金浪涌动，变成一层层、一浪浪的黄色海洋，金灿灿、明晃晃的，是那样的鲜亮热烈，那样的悦人心目。那种气势，那种壮观，那种蓬勃，怎不让人心灵震撼？怎不令人心旷神怡？这种感触，却是欣赏名贵花卉所难以获得的。

早年，我的家乡种油菜，原本是为了收油菜籽，榨菜籽油。江南本地的菜籽油，炒菜很好吃，用惯了花生油的人会觉得菜籽油有异味，但江南人习惯于用菜籽油。其实，菜籽油是我国主要的食用油之一，产量占世界第一位，它有一股特殊的清香，营养丰富，且几乎不含胆固醇。油菜是用种子繁殖的。在我的家乡，初冬时用种子育出菜秧，十二月底或一月初再把菜苗拔出来栽到大田里，浇上水，成活后再施肥，两个月后就能开花。我在家乡上中学和大学时，都要回家种

江南水乡

油菜。从菜苗栽种、浇水、除草、施肥，到用镰刀收割，把菜籽萁用稻草绳捆成捆，用扁担挑回场院，再把菜籽荚打裂，把菜籽壳扬掉，把黑紫发亮的油菜籽用筐装起来……有关油菜生产的全套农活我都是熟把式。我还曾挑着菜籽到小镇上的粮油收购站卖过钱，到油坊榨过菜籽油呢！油菜、油菜花、油菜籽、菜籽油，这在旧时江南农家可是不可缺少的宝。连菜萁都是灶上烧水煮饭的上等柴火，火力如同烧豆萁，比稻草麦秸旺得多。

家乡的油菜花也寄托着我的童年乐趣。江南农村素有“水乡泽国”之称，纵横交错的河流边，到处是广阔的田野。每到春天，一簇簇、一片片的油菜花随风起伏，把阵阵浓郁的芬芳洒向十里八乡。清澈见底的小河里，成片成片油菜花的倒影清晰可见。碧波映黄花，花在水中开，水在花中流，烟雨蒙蒙，影影绰绰，使江南的灵秀中又多了几分神奇和魅力。孩童们放学以后，在油菜花丛中的田埂上放风筝。风筝在金色的花海上起伏，蜜蜂围着油菜花嗡嗡哼叽，时而翩翩起舞，时而辛勤采撷。小伙伴们有的放风筝，有的扑蝴蝶，有的捉迷藏，嬉笑打闹，金色的花海中不时传出童真的笑声。此情此景，恰如南宋杨万里所描绘的“篱落疏疏一茎深，树头花落未成荫。儿童急走追黄蝶，飞入菜花无处寻”。

后来，离开家乡，走南闯北，才知道油菜花其实不仅家乡有，长江流域、云贵高原乃至青藏高原都有。西藏、青海的油菜花到夏天的七月中下旬至八月初才绽放，雅鲁藏布江边、青海湖畔，蓝天白云下，金黄色的花海绵延无际，生机盎然。无论在哪里，看到油菜花，我都有着一样的兴奋，一样会怦然心动。不仅仅因为景色的壮丽，而是那灿烂着大地、温暖着人间的金黄色，让我倍感亲切，会在瞬间把我的思绪带回梦牵魂绕的故乡，带回清新宁静的田园……

（2011年2月15日）

想起江南的水车

阳春三月，正是江南插秧的季节，让我悠然念起家乡的水车。

我的家乡在长江入海口南岸的一个村子。从我记事起，映入眼帘的便是蓝天碧野里不停转动的水车，那是旧时江南农村一道美丽的风景线。

水车分人力踩和水牛拉两种。人踩的水车，是在水田边河岸上用木头竖起两根大柱，支柱间绑上一根坚实的木头横杆，人踩水车时双膊可以挎在上面。横杆下设有轮轴，轮轴上安装三组木质踏脚，每组踏脚各两个，位置一上一下。轮轴的中间连着水车。水车似龙骨状，用木板做成槽，有几米长。槽中有许多整齐划一的长方形小木板，叶片似的均匀排列。小木板之间有木链条相接，上端连着轮轴，下端顺着水车木槽倾斜至水中。人力水车一般分两人踩和三人踩两种，三人踩的水车当然要费力多，但抽水量也大。

人力水车使用时，踩动轮轴上的踏脚，轮轴随之滚动，带动龙骨状的叶片木链把水从河里抽到水田中。其情景恰如宋代梅尧臣在《农具十三首诗》中写的“既如车轮转，又若川虹饮。能移霖雨功，自致禾苗稔”。

无论是两人踩还是三人蹬的水车，要想转得快、抽水多，关键在于同心同步，配合默契。我自初级小学毕业升入高小起，就开始学踩水车，到 20 世纪 50 年代末上初中时，就踩得很熟练了。每天，我披着初露的晨曦，踩着木轮的水车，看着青青的禾苗，迎来东升的旭日，着实有忙碌并快乐着的感觉。只是遇上体力好、手脚特别灵活的青壮年同车，我也难免乱了阵脚，跟不上快速的步伐，踩不到踏脚上，只好双

人力水车

手抓住横杆，双脚收缩，身体悬吊起来，狼狈之状引得大家哈哈大笑。笑声中，汩汩清流冲进沟渠、流入秧田，河岸上下激起欢腾的浪花。

靠牛拉动轮轴抽水的叫牛车。牛车与人力水车的不同之处在于轮轴，牛车的轮轴架在车轮状的木盘上，木盘与龙骨水斗相连。抽水时，将水牛罩住双眼，麻绳的一头套住牛肩，一头连着木轮盘，随着水牛周而复始地绕着牛车盘不停地转圈，河里的水被抽进水车木槽里，伴着龙骨水斗的叶片不停地上下翻动流入秧田。

用牛车抽水灌溉比人力踩水车效率高得多。江南水乡的牛能凫水，故称水牛。它身躯壮硕，四肢粗短，牛蹄坚硬，一对弓形的角向后上方弯曲，力大无比，不知疲倦。因此那个年代江南农村大面积的稻田灌溉，基本上都靠牛车。

牛车上一般都要用木头或毛竹搭一个车棚，顶子似蘑菇状，用稻草帘子覆盖，俗称牛车棚。牛车棚不但为埋头拉车的水牛遮阳避雨，也是我和小伙伴们玩耍的好去处。特别是夏日的中午，烈日炎炎，酷暑难熬，但只要爬到牛车棚轮盘上方用草绳纺织的吊床上躺下，习习凉风顿时扑面而来，好不惬意。此时，蛙的鸣叫，蝉的歌唱，水车转动时发出的“咯吱咯吱”的声音，形成了江南水乡独有的交响曲。这美妙的乡村乐章每每把我送入梦乡，醒来时，梦中笑意还常常留在脸上。到夕阳西下时分，放眼望去，河面上呈现出张均在《岳阳晚影》中描绘的“水光浮日去，霞彩映江飞”的景象，衬着牛车棚被夕阳的逆光勾勒出的剪影，美不胜收。

水牛虽然性情温顺，但也有凶性发作的时候。每当我们坐在牛车棚里手不老实，动手用力拍打叮在牛身上的牛虻时，往往惹得牛脾气大发，拉着水车拼命转，甚至四蹄腾空要挣脱牛车，直吓得我们双手紧抱牛车盘，大呼小叫，心怦怦地猛跳。

年复一年、日复一日脚步不停的水车，曾带给我多少童年的梦想与快乐，曾为江南沃野注入过多少甘霖与乳汁。离开家乡已近40年了，当年的画面依然清晰地在我眼前浮现，王维笔下所赞咏的那种“漠漠水田飞白鹭，阴阴夏木啭黄鹂”的水乡风情，至今仍让我难以忘怀……

（2006年3月17日）

春风吹来荠菜香

春节将至，正是旧时江南农家挖荠菜的时节。这让我想起了家乡，想起了家乡的荠菜，我仿佛又闻到了家乡的荠菜馄饨和荠菜汤团那清淡却让人难忘的香味。

在我的记忆中，荠菜是与农家生活联系最密切的一种野菜了。小时候，村上家家都要挖荠菜。特别是每年春节前，挖荠菜的人更多。按江南的风俗，春节家家户户都要包馄饨、做汤团。汤团不同于北方的元宵，元宵只有一点点甜馅。江南的汤团是用糯米粉做的，分为甜和咸两种。甜馅的有芝麻、红豆、红枣、地瓜泥等几种，而咸的大都是荠菜肉馅，包馄饨也用这种馅。荠菜肉馅做的汤团、包的馄饨，味道特别鲜美。

荠菜是一种十字花科植物，一年生草本，生于路旁、田间。江南的冬天比北方气温高，加上潮湿多雨，很适合荠菜生长。荠菜营养丰富，蛋白质、维生素、钙、磷、镁等含量较高。荠菜还是一味中药，具有明目、清凉、解毒、降压的功效，故民间有“到了三月三，荠菜当灵丹”的说法。

荠菜作为野菜食用在我国已有几千年的历史，历代文人有不少咏赞它的诗句，如苏东坡的“时绕麦田求野荠，强为僧舍煮山羹”，陆游的“日日思归饱蕨薇，春来荠美勿忘归”，等等。

荠菜好吃，但并不好辨认。有些野草与它非常相似，一不留神就挖错了。我六七岁时就能从野草中辨认出荠菜。上小学以后，每逢放寒假，奶奶就会带我去地里挖。挖荠菜一要细心，二要耐心，因此去挖的都是妇女和小孩。腰里束上一只布袋子，手里拿上一把小铲子，低下头，弯着腰，在麦垄间、蚕豆苗旁寻找，半天总能挖满一布袋。回到家，放到缸里存起来，以备春节和元宵节用。小时候家里生活贫困，一年到头难得能吃上几次肉，加上有年初一吃素的风俗，所以包荠菜肉馅馄饨、汤团要到年初二或元宵节。

每到这种时候，奶奶会把缸里的荠菜捧出来，剪去细白的根，扯掉老黄叶，用清水洗净，然后烧开一锅水，把荠菜放进锅里烫一下，水稍一开就用漏勺捞出来，放到凉水里一浸，再捞出来，荠菜依然鲜绿鲜绿的。把荠菜剁碎，挤干水，拌上肉馅，一家人围在小桌旁，奶奶包馄饨，妈妈做汤团，我和弟弟也学着做。包完后，用柴火烧开大锅水，把汤团、馄饨下进去，待飘上来就熟了，捞出来一尝，味道鲜美极了！

清明前后，荠菜芯里抽出细茎，细茎上开出小花。小河边、田埂旁，成片成片的荠菜花，清清淡淡的香，引得蝴蝶蜜蜂都围着转。此情此景，恰如宋代词人辛弃疾笔下描绘的“城中桃李愁风雨，春在溪头荠菜花”。张镃的“荠花繁处蝶争飞”，更是春日乡野的生动写照。开花之后的荠菜就只能看不能吃了。

37年前，我刚从江南来到现在居住的这座城市，因饮食习惯使然，特别想念家乡的荠菜馅馄饨和汤团。但那时候“文革”还没有结束，到处“割资本主义的尾巴”，不让设农贸市场，农民自己挖的荠菜不能拿到城里来卖，公家的蔬菜店里更不可能买到荠菜，多少年吃不到荠菜也看不到荠菜，以至于让我以为北方根本就没有这种植物呢。

改革开放的春风，不仅把农民自己挖的野荠菜送进了农贸市场，送到了城里人的餐桌上，而且随着越来越多的人认识并喜欢上这种长像朴素却营养丰富的野菜，荠菜也由野生变成了“家养”，不仅春天可以规模化播种，冬季还可以在大棚里生长。荠菜堂而皇之地走进了超市和酒店，在北方也可以经常吃到了。

现在，我已经不满足于从集上和超市里买荠菜。春天，杏花盛开的时候，正是北方挖荠菜的好时节。我会携着也是江南老乡的妻子到郊外去挖。山坡下、小溪边、杏树下、麦垄间，我们寻寻觅觅挖荠菜，新鲜的空气，明媚的春光，乡野的风情，使我们仿佛又回到了故乡，回到了当年……

（2008年1月22日）

又是秋日采菱时

仲秋时分，正是江南采菱季节。想起小时候跟着大人乘小船采菱角的情景，一幅水乡秋日采菱图，又清晰地浮现在脑海中——

我的故乡在长江入海口南岸，一个古朴的小村，典型的“水乡泽国”。周围处处是纵横交错的河流，我们村被一条河流环绕其中，只有村南头一条小路穿过河通向村外。像江南所有的水乡一样，村边的小河里长满了菱。

菱是一年生草本植物，生在小河或池塘中。叶子略呈三角形，绿色叶柄上有浮囊。开白花，果实叫菱。菱的形状像元宝，有两个尖尖的角，故俗称“菱角”。

春天，菱从河底淤泥中发芽，长出藤状的叶茎，叶片近似莲，浮在水面上。嫩绿嫩绿的叶面上托着晶莹剔透的水珠，藤蔓和菱叶飘着淡淡的清香，把整个河面装扮成一个绿色世界。

夏日，菱叶中间会开出花来，一般呈白色，不时散发出怡人的香气。“绿萍扶白花，蝉鸣蜻蜓飞。”妇女们在河边小桥上洗衣服，男童们光着屁股在河里游泳戏水，一张张笑脸在菱叶间时隐时现，好一幅江村夏日图。

夏秋之交，菱角开始长成。菱角长在叶萍下，一个叶萍下往往长着好几个菱角。成熟前的菱角，外壳不硬，用手轻轻一剥，就能把壳剥掉。小时候没有零食吃，就盼夏天嫩菱长成时，到河边用竹竿把菱叶翻过来，看到嫩菱就采下来，剥掉嫩壳，把洁白的菱肉送到嘴边，嚼一口，嫩甜嫩甜的，非常爽口。采了一个又一个，吃了一口又一口，“嫩剥青菱角，甜美流心田”，这是旧时水乡孩童独有的享受。

金秋八月，正是“深红菱角密覆水”的季节，菱角迅速成熟。成熟的菱角外壳很硬，用手是剥不动的。这时节，村里

采菱

的妇女们就开始坐着小船去采菱，小船不够用，就以木盆当船。由于秋日中午的阳光还比较强，采菱一般都在晚饭之前。小船在夕阳余晖的映照下，游弋于菱叶萍间，蝴蝶和蜻蜓在水面上飞来飞去，那一番景象，恰如王安石所描写的“草头蛱蝶黄花晚，菱角蜻蜓翠蔓深”。

说起来，采菱其实是个很累的活，南宋诗人范成大写过“采菱辛苦似天刑，刺手朱殷鬼质青”。由于船小人多，船不易撑稳，在船中央的，够不着河面的菱角，而在船边沿的，窄窄的边又不好坐，站在船边弯着腰去采菱又容易翻船，所以只能盘腿坐着，探出身子去采，双手被菱藤缠绕，被菱叶刺扎，这是很辛苦的。但我们村里的妇女们都很能吃苦，为了采菱，都不顾辛劳危险。

船在河面上慢慢地前行，一双双灵巧的手采下的菱角一会就成了堆。大家边采边说笑，劳动的歌声和愉快的笑声引得鱼儿欢快地跃出水面、蹦进船舱，鸟儿掠过水面，在空中盘旋。诗人用“棹动芙蓉落，船移白鹭飞。荷丝傍绕腕，菱角远牵衣”的诗句描述的采菱景象，今日回想起来，是再贴切不过了。

采得的老菱虽可存放到冬天，但中秋节是一定要吃的。在我小时候，家乡过中秋节，穷苦人家大都买不起月饼，但都要煮菱角、毛芋头和青毛豆，一样有滋有味。特别是煮熟的老菱角，喷香喷香的……记得《红楼梦》里曾有这样一段描述：薛蟠之妻夏金桂曾取笑香菱的名字。她问“香菱”二字是谁起的，香菱答是姑娘（薛宝钗）起的。“菱角花谁闻见香来着？若说菱角香了，正经那些香花放在那里？可是不通之极！”香菱道：“不独菱角花，就连荷叶莲蓬，都是有一股清香的。但他原不是花香可比，若静日静夜或清早半夜细领略了去，那一股香比是花儿都好闻呢。”确实，菱角不独花香，叶香蔓香肉也香。

从长江口到黄河边，我远离故乡，来到这座城市已37年了。又逢中秋佳节，不由念起，故乡的小河还在吗？河里还有菱角吗？美妙的秋日采菱图，大概只能再现于我的梦中了。

（2011年9月6日）

乡野茅草

踏青郊外，看到乡间那嫩绿的茅草，不由得想起了唐代诗人韩琮笔下描绘的“春青河畔草，不是望乡时”的情景，有一种特别熟悉和亲切的感觉。

茅草是多年生深根杂草，以根茎和种子繁殖。根茎呈白色，似竹节匍匐在土里。或许因为茅草根洁白似玉，古代成为男女青年幽期密约、表达心迹、传递爱情的寓物。《诗经》曾有“自牧归荑，洵美且异。匪女之为美，美人之贻”的诗句。“荑”就是初生的白茅，乡野的茅草在情人眼里美好又珍异，俨然是恋人的化身。

茅草不娇贵，非常耐旱耐瘠薄，生命力极强，有点土壤就能扎根，有点水分就能生长。我从小生活在江南农村，房前屋后、路边河岸、坟上地头那茂密的茅草，至今仍留在我记忆的深处。

春天的茅草，绿绿的，嫩嫩的。早晨，含着露珠的叶片在阳光照耀下熠熠闪光，散发出清清的草香。茅草丛中，红色的、白色的、黄色的野花点缀其间，彩蝶欢快地飞来飞去，蜜蜂嗡嗡地寻花采蜜，山羊啃着鲜嫩的草尖，布谷鸟“播谷、播谷”的叫声在空中回荡，微风吹来，广袤的田野里绿波荡漾，呈现出一派迷人的田园风光。

清明前后，正是茅草开花的时节，也是我童年时代盼望的季节。那年代农村孩子不仅大都没有零食吃，有的年头连饭都吃不饱，就等着茅草开花前去野外拔茅针吃。“茅针”就是刚刚抽穗没有盛开的茅草花。只要看到一株茅草的肚子大了，我就知道它孕育着花穗了。用手把它拔出来，剥去包在外面的茅草叶，放到嘴里咀嚼着，品着一丝丝甜味，直至嚼烂咽到肚子里。我们还时常拔茅草根嚼，那甜味比茅针要重一点。这是旧时许多农村孩子的天赐零食。茅根和茅针虽可嚼，但不能多吃，特别是开了花的老茅针，吃多了胀肚子。三年困难时期，以茅针充饥，因不好消化而胀死的事也曾有所耳闻。

茅草开花时，生长白色的柔毛，好像芦苇荡里开放的芦花。走在乡间的小路上，拔一根茅草花，用手一撸，用嘴一吹，白色柔毛似飞絮一般，连同草籽随风飘扬，传播到远方。一片片茅草花，是乡野的速写、田园的素描、村童的乐园。我和小伙伴们在茅草地上打滚嬉闹，仰望碧空，憧憬未来。

50年前的江南农家，柴火不够用，几乎家家都要挖茅草，晒干后当柴火烧。直到20世纪60年代初我上高中以后，每年放暑假都还要顶着烈日到野外去挖茅草。夏天的茅草最粗壮，也最容易晒干。每天中午，我手扛锄头去挖草，天闷热闷热的，一点风也没有，连树梢都纹丝不动，豆粒般的汗珠从全身往外冒，衣衫湿了一遍又一遍。为了有柴火烧饭，顾不上歇一歇，直到把挖下来的茅草用麻袋装起来，运回家里，放到院场上晒。年复一年，未曾停歇，年年如此，直至20世纪70年代初离开家乡。

儿时的冬天，农村孩子的生活也离不开茅草。放假后，小伙伴们在旷野里挖荠菜时，看到坟头、河边大片枯黄的茅草，就找朝阳的一面躺下来，眯上眼，晒太阳。茅草软软的，搔得耳边痒痒的，阳光晒得浑身暖暖的，简直是一种享受，好舒服好舒服啊。临走时，往往忍不住划根火柴点上火，烧得草节噼里啪啦地作响。阵风吹来，风助火势，轰然一声，大片茅草顷刻化为灰烬。但茅草根扎得很深，烧得尽草叶烧不到根，到来年春天依然发芽生长。这恰如白居易所描写的："离离原上草，一岁一枯荣。野火烧不尽，春风吹又生。"

茅草不分地域南北，不怕干旱贫瘠，不惧踩踏火烧，冬去春来，花开花落，生生不息，于是从乡野迁进城市。记得"文革"前我就读的那所由全国著名语言学家陈望道先生任校长的大学，大礼堂和每座教学楼前都有长满茅草的大草坪，晚饭后、星期天，同学们坐在草坪上聊天、照相，享受恬静而浪漫的校园生活。"文革"中，草坪虽然经常被千人集会所踩踏，但毕业离校时仍郁郁葱葱。

茅草记载着我童年的乐趣，也有青春的记忆！茅草带来了田园的多彩、乡野的闲适、自然的质朴！以茅草为友，与大地亲吻，心境是那样的宁静，那样的轻松！如今，城里的草坪已经难觅茅草的踪影，新品种的草到冬天仍然碧绿碧绿的，我喜爱这新型的草坪，但对茅草依然怀有深深的情结，它寄托着我对乡野的遐想与神往……

（2006 年 4 月 21 日）

在长江口过元宵节

年年岁岁闹元宵，岁岁年年味不同。在我度过的 65 个元宵节中，最有味道的要数半个多世纪以前在长江入海口南岸的故乡农村。

点香插香。正月十四晚饭后，奶奶和母亲就点着一炷香，然后把香一根一根地插到各个房间的墙缝里。当时我家有三间小平房，西间一隔为二，南侧为柴火灶兼餐厅，北侧为奶奶、母亲和我的房间，中间是客堂，东边一间是猪舍兼放农具和杂物。由于我一出世就没了父亲，家里穷，墙壁内外都没有用石灰粉刷，所以在砖缝中插香很容易。为什么要在家中插香呢？信佛的奶奶说，这是为了驱邪祛病，保佑新的一年全家健健康康、平平安安、香火旺盛。

挂灯笼。在家里插完香后，奶奶点上红蜡烛，插到灯笼的底座上，再把亮着的灯笼挂到屋檐下。灯笼是从 10 里外的小镇上买来的，并不是时下流行的红灯笼，而是黄色的。灯壳用竹片做成，外面糊上用桐油浸泡过的黄纸。灯笼很小，如同电影里古代官府中巡夜打更的更夫手中提的那种。挂灯笼既体现喜庆，也是为了驱邪避鬼保平安。

地头插香。睡觉前，奶奶再点上一炷香，分给母亲和我，一起到村南口我家那块只有两分大小的土地上，向土地爷拱拱手，鞠个躬，把点着的香插到地头上，为的是驱赶虫兽，祈求新的一年老天保佑，风调雨顺，减少虫害，五谷丰登。

吃年糕。正月十五早上熬粥的时候，还要蒸上年糕。家乡的年糕不同于宁波年糕，只能蒸着吃不能炒着吃。家乡的年糕是用一半以上的江米掺上好大米磨成粉，放在专用蒸笼中蒸出来的。待一大圆块年糕半干不干时，用刀切成长条小块，放在太阳下晒干，放在瓦罐坛子里，元宵节的早晨拿出来蒸软了吃，以表达新的一年日子如芝麻开花节节高的心愿。

看踩高跷。吃过早饭后，常常有高跷队和龙灯队来到村里。那时的高跷很简陋，只是用两根结实匀称的木杆，把两块小木板用铁丝固定在木杆下方三分之一至四分之一的高度，制成踏板，玩时把脚踩在木板上。我们村里没有会踩高跷的，因为 5 户人家只有 3 个 20 多岁的年轻人，也全都被征入志愿军，到朝鲜帮助打仗去了。到我们村里来踩高跷的都是邻村的农民。玩得好的不仅把踏脚绑得很高，而且边踩边扭，逗笑取乐，如履平地。看到别人玩得带劲，我到上小学后也用木棍绑了一副高跷试着玩，但一踏上去就会摔下来。据说踩高跷是古代人为了采摘树上的野果为食，给自己的腿上绑上两根长棍而发展起来的一种民间娱乐活动。早在公元前500多年前，踩高跷已经流行。最早记载于《列子·说符》："宋有兰子者，以技干宋元。宋元召而使见其技，以双枝长倍其身，居其颈并驰并驱，弄七剑，跌而跃之，五剑常在空中。"长大以后才体会到，踩着高跷其实是将舞蹈和杂技有机融合的一项民间艺术，而既缺胆量及平衡感、又少艺术细胞的我辈，岂能玩得转？

看舞龙灯。用长江入海口南岸的乡下上海方言说，叫作舞龙灯"翻活龙段"。意为将活龙的身段在地上翻滚。龙身用竹片支撑，外面裹上红黄相间似龙鳞的布。舞龙手一律穿上宽大的黄色服装，头裹红绸带。舞龙时，随着锣鼓的节奏，龙头带动龙身翻滚，龙尾跟着龙头摆动。当时村里没有一块水泥地，舞龙就在泥土场地上。舞龙手们全然不怕脏，就在泥巴地上翻滚，身上沾满了泥土，依然执着地表演，汗水湿透了衣衫也全然不顾。龙是吉祥的象征，村民通过舞龙灯看龙灯表达祈求老天风调雨顺、国泰民安的心愿是极为虔诚的。我至今还记得，当时家乡农村的舞龙灯是乡里的庙宇组织的，舞龙队从庙宇始发，到所辖各村舞完后回到庙宇，把龙灯保存在庙里。在文化生活贫乏的那个年代，舞龙队能在元宵节到各村巡回舞龙，不仅增添了节日的喜庆气氛，也是远离集镇的村民一年一度才能在家门口享受到的文化大餐。

吃汤圆。元宵节的中午，村里家家都要吃汤圆。汤圆比元宵大，用糯米粉做成，内包很多馅。馅有甜的，也有咸的。

甜的一般有红枣馅、红豆沙馅，咸的一般是肉菜馅。糯米粉不是用机器磨的，而是用石臼舂碎后用细筛子筛出来的，用它做出的汤圆口感特别好。吃汤圆，在当时既是一年中少有的改善生活，也蕴含着一家人团团圆圆、平平安安之意。

故乡农村的这些元宵习俗，到 1958 年开始渐渐淡化。实行人民公社化以后，土地都入了社，归集体所有，连每人一分自留地都是集体的，从此很少有人在元宵节到地头插香了。到 1964 年农村搞“四清”、1966 年爆发“文化大革命”，烧香拜佛被当作封建迷信和“四旧”予以禁止，庙宇被关闭，连踩高跷、舞龙灯这些元宵节的民间文化活动也都停了下来。直到 1970 年我从故乡的一所大学毕业被分配到外地时，村民喜闻乐见的那些元宵节习俗基本上仍没有恢复。

离开长江口，来到黄河边的这座省城已经 42 年了，一直没有机会再回故乡过元宵节。只是听说改革开放后，乡里的庙宇已经重建，香火很旺盛，踩高跷、舞龙灯等元宵习俗得以传承，民间文化活动非常活跃。人老了喜欢怀旧，很想再回到长江口的故乡去，寻找儿时过元宵节的印记，享受在新农村闹元宵的乐趣。

（2013 年 3 月 8 日）

43年前的那次高考

高考改变命运。这些年来，政府和社会对高考益发重视，家长对考生的呵护亦更加细致周到、无微不至。羡慕之余，我不由想起了43年前参加的那次高考。

那是1965年夏天，我从故乡上海市宝山县第一中学高中毕业报考大学。那时，高中不分科，到5月份毕业考试之后，才分文科和理工、医农三大类开始高考复习，时间大约是一个月。我是学校的“五好学生”，各门功课都比较好，但高考复习时，却报了文科，许多老师和同学都感到奇怪和惋惜。其实，那时的我，作为一个几代文盲的后代，家长不可能指导我选择志愿，幼稚的我根本不懂得报考文科或理科对自己的未来和前途有何影响，只是自己喜欢语文、更喜欢写作文，就凭兴趣选择了文科。

填志愿，是在高考复习期间。我们文科的志愿表分为两张，第一张表填重点大学，可以填5个学校，每个学校填3

个系科；第二张表填普通大学，也是5个学校3个系科。我填的第一志愿是复旦大学中文系。主要是学校好，离家近，复旦大学就在我的家乡宝山县境内。

当时的报名费，我依稀记得是5角钱，加上到考场的乘车费以及3天高考期间的伙食费，总共需要5元钱。但这5元钱，却难倒"读书郎"。我家里困难，父亲去世得早，只有祖母和母亲务农挣工分，还有一个弟弟在上小学，每年年终生产队分配时，我家都是透支户。无奈，我只好给在市里当工人的叔叔写了一封信，叔叔立即回信并附上5元钱，我才交上报名费。

那年的考场设在复旦大学校内。高考正值7月份，上海的天气比较闷热。我们在暂住的复旦附中教室里拉上铁丝，挂上蚊帐，地板上铺以草席，就当床了。蚊帐内躲满了蚊子，晚上睡觉前要用双手拍打，常常两手沾满鲜血，直至蚊子被消灭后才能上床。吃饭是在复旦附中的学生餐厅，每天大约5角钱的伙食费，中午和晚上都是大米饭和冬瓜蛋花。这样的伙食和我平日的饮食条件比，还是蛮不错的，所以我相当知足。

高考结束，我回到了老家，参加生产队劳动，帮祖母、母亲挣工分。那时正是水稻生长的季节，我的劳动项目是和大人们一起下稻田拔稗草。8月中旬的一天下午，我正在田里拔草，邻居顾伯伯到大队部办事回来，隔老远就大声喊："阿大（我的乳名），你考上了，录取通知书在宝山一中教导处，让你今天下午务必到学校去拿，别的录取的早都拿走了！”“考上哪个学校了？”我也大声问。“复旦大学！”顾伯伯回答。周围大人们都啧啧称赞：“复旦是个好学校啊！阿大读书读得书包翻身了！”我拔腿奔出稻田，回到村子，向邻居借了一辆旧自行车，顶着7级大风骑了一个半小时，领回了录取通知书，只有兴奋和喜悦，并没有什么憧憬。

43年前，并没意识到，那次高考，是决定我人生命运的一考。没有那次高考，我一定还在宝山老家，也许务农，也许从事其他职业，而不会远离故乡，从长江口来到黄河边，扎根于斯，长作济南人。43年前，并没意识到，那次高考，使我们这些幸运儿被定格为“文革”前“老五届”大学生中的最后一届，我高中时代落榜的同学们，再也没有机会踏入高考考场，而恢复高考制度，已是13年后了。43年前，并未意识到，高考虽能决定命运，但条条道路通前途，我同班未考上大学的20多位同学虽都回家务农，但有的成为农技能手，有的成了中小学教师，有的成为村办企业技术骨干，有的去了新疆生产建设兵团，有的乘改革开放的东风南下深圳经商挣了大钱，还有3位同学由生产队长做起，一步步成长为宝山区直机关的局长……

（2008年6月8日）

又进复旦相辉堂

第一次进相辉堂，是 45 年前。1965 年 9 月 1 日，复旦大学为 65 级新生举行开学典礼，我与有着梦想与偶像的 1000 名新生一起，跨进了这座饱经风霜的精神殿堂，聆听著名语言学家、《共产党宣言》英文版的第一位中文翻译者陈望道校长讲话。

相辉堂那时叫登辉堂。1947 年，毕业于美国耶鲁大学、担任复旦校长二十余年、曾两次下南洋为复旦建设筹得巨款的李登辉先生，将校友们为他安度晚年筹集的颐养金三十余两黄金用于这座大礼堂的建设，登辉堂因此而得名。1985 年复旦 80 周年校庆时，登辉堂作了大修，改名为相辉堂，从复旦创始人马相伯和奠基人李登辉两位老校长的名字中各取一字组成，寓意日月相辉，以示永远纪念，也避免不明底细者与海峡彼岸那位同名同姓者混淆。

相辉堂既不雄伟，也不现代，极为朴实无华，但历史积淀深厚，是复旦举行重要庆典、集会和名人政要演讲的场所。仅解放后到这里作过报告的外国政要就有前苏联最高苏维埃主席伏罗希洛夫、法国前总统德斯坦、美国前总统里根等。

我第一次进这座礼堂听陈望道校长讲话的多数内容虽已淡忘，但对会上得到的“复旦”校名的来历及其蕴含的精神却依然清晰记得：复旦的前身是我国近代知名教育家马相伯创办的私立震旦学院，后因法国教会势力篡夺校政，于右任为首的多数学生愤然退学而停办。1905年，马相伯在原震旦学生的拥戴下创办复旦公学。校名“复旦”二字选自《尚书大传·虞夏传》中“日月光华，旦复旦兮”的名句，意思是自强不息，且含“恢复我震旦，复兴我中华”的双重寓意，寄托当时中国知识分子自主办学、教育强国的梦想。陈望道校长勉励我们要发扬自强不息的复旦精神，牢记“博学而笃志，切问而近思”的校训，从各方面广博地学习，以开拓知识的范围；向远大处立志向，立了志向要坚定不移；切切实实地问，由近及远地想，培养自己严密、独立的思考和自由学术之精神。这次进大礼堂的收获使我终身受益。

从那以后，由于我们65级中文系学生奉命进行所谓“文科以社会为课堂”的教改试点，忙了一年的半工半读和半农半读，翌年又爆发了“文化大革命”，在校5年中，直到毕业，始终再也没有机会踏进这座礼堂。

第二次进相辉堂，是2010年9月18日，我从济南回到故乡上海参加复旦中文系85周年系庆活动。40年不见，岁月的

相辉堂外景

风霜使许多师长甚至不少同窗都变得白发苍苍、皱纹满面，老得认不出来了，唯有这座历史建筑的风貌没有变，内部格局也还是老样子，一切都令我感到是那样的熟悉和亲切。只是斗转星移，校长的接力棒从陈望道、苏步青、谢希德等名家手中传到了杨玉良手上。

再进相辉堂，同窗师长叙旧忆昔，不提职位高低，不论财富多少，只谈师生友情，感恩母校培养，固然高兴惬意，但最高兴、收获最大的还是第一次听杨玉良校长讲话。今年58岁的杨校长是我国第一代高分子博士，高分子化学和物理领域的知名专家、中科院院士。作为一名自然科学家，他在即兴演讲中关于人文科学重要性的一席讲话，令与会者印象深刻。他说，人文科学的发展在当今这个时代以及未来显得极其重要。有人说，大学是一个民族的精神脊梁骨，但大学里更重要的是人文，人文学科是一个国家和民族的精神脊梁骨。他接着说，我们科学家有科学理性，但整个社会理性的精髓是道德理性，社会最重要、最不应该缺失的是道德理性。而道德理性的建立，人文学科有着极其重要的作用。现在社会上和大学里的许多怪现象，实际上都是缺乏道德理性的表现。他还说，我这个校长并不在乎理科师生对我怎么评价，更在乎文科师生对我怎么评价。希望复旦师生和校友要提升人文学养，坚持道德理性……作为一个卓有成就的自然科学家，对人文科学的重要性能有这样深刻的见地，着实令人敬佩。在杨校长简短而又精彩的即兴演讲过程中，掌声不断。与会师生和校友为百年复旦能薪火相传，如今校园里不仅依然名师云集、英才荟萃、学术拔尖、群星璀璨，而且依然有那样重视道德理性和深厚人文学养的校长感到欣慰。

又进复旦相辉堂，我端坐在第 3 排 15 座，像 45 年前听陈望道校长讲话那样饶有兴趣地听杨玉良校长演讲。虽然我已青春不再，但此情此景，我仿佛又回到了当年，感到自己依然年轻，依然是个学生。

（2010 年 11 月 16 日）

深情徐家汇

我是一个加入山东籍的上海人，当地山东老乡戏称我是“鲁籍沪人”。1970 年 8 月我大学毕业后离开故乡上海，经部队农场劳动锻炼分配到山东济南，一晃 43 年过去了，但岁月的风尘并没有抹去我心中的徐家汇情结。

我第一次听说徐家汇，还是在 20 世纪 50 年代。那时我是一个刚上小学的农村孩子，家住宝山县罗店镇东南方向大约 8 里路的一个只有 6 户人家的小村子。邻居一个姓戴的老伯常到上海市区“卖小菜”，在这个当时还隶属于江苏省、交通十分不便、信息非常封闭的小村子里，戴老伯自然成了见多识广、受人尊重的人。我第一次听说“徐家汇”，就是来自戴老伯之口。他当时还讲了一些有关徐家汇的故事，在我童年的心灵中留下了很深的印象。上初中以后，有了乡土地理课，才知道徐家汇的来历，原来它的形成可上溯到明代。晚明文渊阁大学士、著名科学家徐光启曾在此建农庄，从事农业实验并著书立说，逝世后安葬于此，其后裔在此繁衍生息，初名“徐家厍”，后渐渐兴旺发展成为集镇。因地处肇嘉滨与法华泾两条河流的交汇处，故得名“徐家汇”。从此，徐家汇深深地印在我的心中，期望长大后有机会去看看。

我第一次到徐家汇是 1967 年春天，随母校复旦中文系于成昆老师率领的“教育革命调查组”到松江县农村去搞社会调查，探讨如何落实“文科要以社会为课堂”的指示，为了乘到松江的长途汽车，从上海东北角的校部驻地五角场，辗转来到西南角的徐家汇。我印象中，那时的徐家汇与五角场差不多，没有高楼大厦，没有繁华市面，没有车水马龙，像是一个城乡结合部的小镇。我等待乘长途车的那条马路还是用煤渣铺成的，汽车开过，尘土飞扬，与我孩童时代想象中的徐家汇大不一样，心中未免有点失落。

我对徐家汇印象的改变是在改革开放以后。20 世纪 90 年代初期，为加快济南商业、服务业的发展，济南市政府从上海聘了一名正局级干部董绍成同志到济南担任副市长。那时，济南连超市都还没有，我跟济南一些干部一样，连超市都没听说过，董绍成副市长带领济南有关人员到沪上学习后才发展起来的。他任职两年期满后，回到上海担任一百集团董事长，徐家汇的东方商厦也在他的麾下。当时供职于济南市委政研室的我，随市领导到上海考察学习商业改革与发展的经验，重点是徐家汇。当时，徐家汇商圈的东方大厦、太平洋百货、第六百货等几大百货商店经营对象各有侧重，有的主要面向女青年，有的主要面向中老年，有的主要面向普通大众消费者，有的主要面向有高端需求的客户，称之为“差异化竞争经营”。这种理念，对当时观念还不很开放的济南来说，感到非常新鲜，很受启发。1994 年、1995 年、1999 年，我三次或随市领导、或自己带团，到徐家汇考察学习，受益匪浅。从那以后，我对徐家汇的关注愈来愈多，也发现徐家汇的城市形象越来越美，对徐家汇的印象也越来越好：一座座摩天大楼拔地而起，现代气息愈来愈浓；原来法租界的西式别墅和异国情调的老街巷得以保护，可领略到中西合璧的海派文化浓浓韵味。徐家汇在我这个离开故乡 40 多年的“老山东”心中，是上海改革开放、飞速发展、向现代化国际化方向迈进的一个重要窗口。

我到徐家汇最多的是最近这些年。退休以后，有时间了，每年都与同是上海老乡的老妻至少要从济南回两次上海。徐家汇是我俩回上海必逛的地方。徐家汇的购物环境、自然环境、人文环境深深地吸引着我们。这里虽高楼林立、车水马龙、极为繁华，却又闹中有静、空间开阔，没有压抑感。以徐家汇公园为代表的一块块开放式绿地，合理地配置在高楼大厦之间。我和妻子几乎每年春秋两季都要回上海，到徐家汇商圈来。到后一般直接先去徐家汇公园，坐到湖边的木凳上休憩：春天看柳树吐翠，满眼绿色养眼怡人；秋天看万绿丛中一片红，红枫点缀的秋色格外醉人；湖中的黑天鹅昂首游弋，野趣盎然，生机勃勃，我和老妻禁不住依偎在一起，年轻时因工作忙也没有这么轻松的氛围，哪有这样在花前月下谈情说爱的机会？现在在徐家汇补上了这个缺憾，感到特别的惬意和满足。逛完公园再逛商店，首选是“六百”。因为“六百”就是为我们老年人开的。我和老妻最喜欢“六百”的老年服装，商家仿佛摸透了我们的心思，别的商店买不到的，到“六百”来往往能满意而归，从风衣、夹克衫、衬衣、裤子，到羊绒衫、T恤衫，我们见到合适的就买，回济南穿出来显得洋气、大方，以至于引得我们的邻居、同事眼馋，托我们再次到徐家汇时也帮着捎两件。由于徐家汇商圈各大商店有廊桥互通，逛商店比其他地方方便，特别人性化，逛完“六百”，我和老妻往往还要去其他商店光顾，这也是我对徐家汇情有独钟的又一重要原因。与我同龄的老妻虽已学会了网购，但还是喜欢到实体店买衣服。好几次我一个人回上海，也要到徐家汇逛逛，仿佛不到徐家汇就少了些什么。前年的九月中旬，我因事住在延安饭店，抽空步行一个多小时到徐家汇，在“六百”为老妻买了一件风衣，先用手机拍下风衣的照片，通过微信传给她审看，回济南后大受表扬。老妻对我有感情，我得感谢徐家汇。

只要我还走得动，还能购物和游览，我一定年年要从山东回上海来，一定要再到徐家汇来。

（2013年12月3日）

范公祠里思范公

范仲淹的大名，自从49年前我在高中语文课本上读了《岳阳楼记》后一直铭记在心，只是对他的生平并未留心关注，更没去想他与山东有什么渊源关系。清明前到邹平游览了范公祠，才得知范仲淹原来是齐鲁大地的乳汁哺育长大的。

范公祠位于邹平长山镇孝妇河南岸。从济南乘汽车沿济青高速公路东行一个小时，见周村出口下，十来分钟就可到达。

范公祠初建于宋治平二年，即公元1065年。祠门口那棵曾经中空但树冠硕大、至今依然枝繁叶茂的千年宋槐，仿佛就是范仲淹当年植根于齐鲁大地的一个见证。

在滨州旅游局刘局长的陪同下，听着导游的讲解，看着祠内的碑文、壁画，范仲淹少年时期在山东的形象在我脑海中鲜活起来。

范仲淹的身世十分坎坷：传说他生于今河北正定县，出世刚百日就随家人去了苏州。有记载说，范仲淹两岁时，在徐州任军事长官秘书的父亲范墉就病逝了，母亲谢氏改嫁给在苏州为官的山东淄州长山县河南村人士，即今邹平县长山镇范公村的朱文翰。从此，范仲淹改姓朱，取名朱说（读悦），4 岁时随继父和母亲回到邹平，在朱家长大成人。从此，在邹平度过了 18 年的时光。

导游指着醴泉寺苦读的画面告诉我，范仲淹从小就刻苦读书。他在附近的醴泉寺寄宿读书时，由于继父因病赋闲在家，经济拮据，无力保证生活费用，常常一天就只熬一碗粥，等粥凉了，划为四块，撒上点盐和菜末，再滴上几滴醋，早晚各吃两块，过着寻常人难以忍受的艰苦生活。这就是人们常常提到的“断齑划粥”的故事。

过去，我只知道范仲淹是北宋著名的政治家、思想家、军事家和文学家，学养深厚，《岳阳楼记》等许多著述如贝叶飘香，千古传颂，或许是天赋所致。今天，站在范公祠里才感悟到，莫非是艰苦的生活环境、刻苦的读书生涯，砥砺了范仲淹顽强的意志，培养了他的远大的志向和深厚的学养？抑或是齐鲁之邦的深厚文化底蕴熏陶、感染、哺育了这位千古名人？

当走到范公祠西院展室时，我被“窖金捐僧”的画面吸引住了。导游告诉我：范仲淹在醴泉寺读书时，寺院的主持见他家境贫困而又读书刻苦，便每天送他 4 个饼子。但他为了减轻寺院对他的施舍负担，总是不肯吃光，把剩下的饼子放到案几上，留待第二天再吃。可是第二天饼子就不见了，他觉得很奇怪，却又找不到原因。有一天晚上，范仲淹正在埋头读书时，忽然听到一种奇怪的声音，循声望去，原来是一只老鼠正在拖走他的饼子。他立即追赶，见老鼠钻进大殿前边那棵老荆树东边的洞穴去了。年轻的范仲淹凭着强烈的好奇心，找来铁锨刨开鼠穴，看见下面有个地窖，窖里藏着金灿灿的金子。范仲淹对黄金没有心动，连忙取土原样填好。几天后的一个夜里，那只老鼠又出来偷吃饼子，然后钻进荆树西边的洞穴里。范仲淹一刨，又发现了一窖白花花的银子。他仍不为之动心，又取土照原样填好。20 年后，醴泉寺几乎被大火烧毁。主持想请时任龙图阁直学士的范仲淹出资重修。但老僧到延州后，看到范仲淹虽身居高位，却仍与部下同吃同住同甘共苦，生活十分简朴，就羞于启齿了。临别时，范仲淹送给他一包茶叶。老僧回到醴泉寺后打开茶叶包一看，里面有范仲淹的一封亲笔信，信上写道：荆东一池金，荆西一池银，一半修寺庙，一半济僧人。于是，醴泉寺得以修葺，僧人的生活也得到了改善。

听了这则故事，我想到，范仲淹后来身居高位仍不贪财，每到一处就给老百姓办学校、兴水利、修道路、做好事，不是偶然的；他那“先天下之忧而忧，后天下之乐而乐”的崇高境界和“不以物喜，不以己悲”的价值观念，不是凭空产生的。青少年时期生活环境艰苦未必是坏事，其实往往是人才成长的土壤；从小离开温暖的家，独立生活、刻苦读书、修身立志，往往是人才成长的阶梯；不囿于宗族姓氏，活着四海为家，接触百姓，死后既未进范家祠堂也未进朱家祠堂，而是随母葬于洛阳。这些，或许都是诞生“先忧后乐”民本思想的重要原因。

范公祠里思范公，思想之树常青。范仲淹“先忧后乐”的民本思想历经千年，至今依然如山高水长，熠熠生辉；依然有人信仰，有人践行，着实令人欣慰！

（2011 年 4 月 12 日）

从上海的田子坊到济南的老街巷

因参与市委宣传部组织的济南城市形象传播课题研究工作的需要，2009 年 6 月下旬，我们一行在上海世博会城市形象策划专家、东华大学城市形象研究所所长、博士生导师褚云茂教授等的陪同下，考察了上海的田子坊。

田子坊位于上海卢湾区泰康路 248 弄、210 弄及其周边地区。一走进曲里拐弯的小弄堂，那种独特的风貌和情调便吸引住了我：典型的老上海石库门建筑，红砖黑门的两层小楼分布在狭窄的弄堂两侧，坡顶上有气窗；弄堂里酒吧、茶座、咖啡吧鳞次栉比，有室内的，也有露天的；不同创意的饰品店别有风情，有很多精巧别致的手工艺品；一个个艺术工作室，高雅时尚，文化之风扑面而来；熙熙攘攘的游客中，不乏牵手搭背的情侣，黄头发、蓝眼睛的老外尤其多；在太阳伞下的露天酒吧中，游客们喝着扎啤、吃着冰淇淋，看着来来往往的行人，悠然自得……

热情的主人告诉我们：田子坊虽然市面繁华、游人如织，但它并不是一般意义上的商业街和旅游景点，而是上海历史风貌石库门里弄生活的“活化石”，有极高的建筑文化和历史文化价值；是展现上海海派文化、传承历史文脉的“文化湿地”；是由文化引领，将文化创意、商业经营、旅游开发有机地融为一体的文化创意产业园区；是不少艺术家的创意工作基地，也是我国最佳创意产业园区之一。

我想，这或许正是田子坊充满生机活力的奥秘之所在吧。据主人介绍，美国、英国、加拿大等不少欧美国家的航空杂志都曾向乘客推荐这处“老上海”。在这里，仅西餐厅就有几十家；日本人对田子坊更是情有独钟，小弄堂里竟有数十家日本料理、茶坊和小店；泰国菜馆、台湾饭店也各有特色。这里成了上海市民特别是中外白领们的精神栖息地，成了沪上包括外滩、新天地在内的最吸引人的三大旅游目的地之一。

我们边走边看边问，逛不够看不够问不够。不知不觉到了中午，看到弄堂边有个“藏珑太极饭店”，就上二楼吃饭。老板是台湾人。坐在这典型的石库门建筑的阁楼里，吃饭、喝茶、聊天，别有一番情趣。

看着眼前这繁华温馨、情调浪漫、风貌独特的场景，我简直难以相信，10 年前，泰康路还是一条“下雨一街泥、晴天满街灰”的马路集市。现在布满艺术家工作室的泰康路 210 弄，是与石库门民居犬牙交错的弄堂工厂。那些老工厂创建于20世纪30年代，其中包括上海食品机械厂、上海钟表配件厂等五六家企业。20世纪90年代初，由于产业结构调整、周边环境限制、缺少发展空间等原因，这些工厂效益下滑，有些厂房闲置多年。新千年前后，上海将泰康路定位为“历史文化特色风貌街”，在市经委和卢湾区政府的支持下，对田子坊进行了改造，坑洼不平的马路重新铺装硬化。考虑到这些工厂保存了民族小型加工企业从里弄工厂起源的历史，是上海工业起步的一个缩影，有关方面没有一拆了之，而是把此地改造成了“都市工业楼宇”。1998年12月28日，有一家文化发展公司首先进驻泰康路上的艺术街。不久，著名画家陈逸飞在改造过的老厂房里建起了“陈逸飞工作室”。随后，尔冬强等艺术家、摄影家和著名工艺大师纷纷入驻，在不长的时间内，先后吸引了数十个国家和地区的近百家文化和商业企业。原来破烂不堪的小弄堂、列入拆迁范围的旧厂房，改造后成了许多艺术家的文化创意基地，成为文化创意产业的聚集区，形成了以室内设计、视觉艺术、工艺美术为主的产业特色。现在，这里不仅成为视觉艺术的“硅谷”，还成为吸引外国和国外著名艺术家的国际文化社区。美国著名陶艺师开设的工作室，引来无数老外在这里学习陶艺技术；香港著名陶艺家在这里开设的乐天陶艺馆，是进行国际陶艺艺术交流的好场所，吸引了众多的国际陶艺家前来参展、交流；法国、丹麦等国的设计家也纷纷入驻……小小弄堂成了激发创意灵感的火石，各种奇思妙想都可在这里交流、实践，各种创意作品都可以在这里展示、销售，卖出高价。

现在游人如织、酒吧商店林立的泰康路两侧的特色风貌弄堂，原是中西混杂的老式弄堂，这里既有清朝时候的乡村民居，也有中式石库门、新式里弄、英国式城堡，浓缩了上海从小渔村到开埠后中西交融、五方杂居的市井风貌。不过原先这里的生活设施和居住条件非常落后，往往是一座200平方米左右的小楼里住着七八户人家，许多小楼里连厨房间都没有，各家都在走廊过道的拐角处和楼梯口放只煤球炉做饭；没有公用厕所，更不用说是水冲式的了，各家都用马桶；上楼的楼梯陡直狭窄，走起来吱吱作响；室内光线极暗。由于阁楼太矮，住在里面的人要弯着腰走，一站起来就会碰头；房屋内外头顶上拉满电线，弄堂里排满了自行车，清晨居民们还得在弄堂里刷马桶……许多居民反应强烈，要求早日拆迁改造，直到新千年之初，这些弄堂里的许多房屋上还留有大大的“拆”字。这片旧弄堂能枯木逢春，给人以有益的启示。

上海卢湾区对田子坊的成功改造，创新了以往旧城改造由政府大拆大建、大包大揽的模式，走出了一条全新的“软改造”的路子。所谓“软改造”，就是实行“五变三不变”的原则。“五变”是：产业形态、组织结构、人员、管理和文化要变；“三不变”是：建筑形态、产权关系、土地性质不变。这样，政府在前期启动中负责整体规划、功能定位、生态调整和环境改善，只需投入少量资金进行道路、绿化、市政设施的改造，就取得了事半功倍的效果，老街巷的布局和形态不变，但面貌一新，焕发出青春活力。

田子坊“软改造”的成功为旧城改造中保障居民的利益摸索出了经验。过去旧城改造由于财力有限，结果往往是由于补偿低等原因引起一些居民的不满。田子坊的改造采取“产权关系不变、土地性质不变、建筑形态不变”的政策，旧城改造后的利益由居民获大头，居民长期出租房子收租金，政府长期征税获税收，商家则租用居民房子搞经营长期赚利润，各得其所，特别是居民的利益得以稳定化和长期化。

田子坊的“软改造”还为如何实现历史文化传承和城市形象的提升、经济社会发展的有机融合提供了成功的范例。在到处是摩天大楼、充满现代气息的大上海，田子坊“软改造”保留了上海石库门建筑的里弄风情，传承了上海独特的海派文化的根与魂，实属富有远见之举，着实难能可贵！

从上海的田子坊想到了济南老街巷。曲水亭、王府池子这个片区许多院落看似破旧，街巷狭窄，实则旧而有韵，别具风致：七曲八拐的小街巷，青砖白墙的四合院，雕梁画栋的大门楼，青石铺就的胡同道，遍布街巷、庭院的清泉和垂柳；还有不少明清时期留存下来的建筑，甚至年代更早的古迹。这里的每一条街巷、每一个街名，几乎都有许多历史故事。这里是济南由农业文明向城市文明进步的发祥地，承载和延续着济南的历史文脉。从这里的小街巷不仅可以触摸济南悠久的历史，还可以看到“老济南”的市井风情。这是“老济南”的魂与根，值得保留，更值得珍视。另外，这一带“家家泉水、户户垂杨”的泉城风貌，也是济南独有的一种文化元素。是否可以把这片老街巷通过“软改造”，在提升居民生活质量的基础上，打造成济南的田子坊呢？能否使这片老街巷成为“老济南”情调和现代时尚有机融合的济南历史文化和泉城特色风貌街区呢？成为集文化创意、商业服务、旅游休闲于一体的济南新亮点呢？

（2010年2月2日）

我与文汇情谊长

我年年订《文汇报》，天天读《文汇报》，我和《文汇报》的缘分已有 45 年。

第一次投稿，就是投给《文汇报》的。那是 1963 年春天，我在故乡宝山县第一中学读高一，写了一篇学习雷锋先进事迹的杂感，鼓起勇气寄给了《文汇报》。不久，竟接到了报社寄给我的一个笔记本和一本学习资料汇编，并附了一封短信，欢迎我继续投稿。这令我大喜过望。《文汇报》是一张天下闻名的报纸，全国各地乃至世界上有多少作者给她投稿？给投稿者一一回复的工作量有多大？我根本没有想到会有回音，更没想到会收到礼物，这对我这个初次投稿的中学生、一个贫苦农民的子弟来说，实在是莫大的鼓舞。不知名的文汇报人这一深富人情味的鼓励，让我对这份报纸崇敬之外有了感情，也对我后来走上舞文弄墨的文字之路起到了引领的作用。

1965年，我考上复旦大学中文系。大学期间，我几乎每天都要到学校阅览室去看《文汇报》，并经常给《文汇报》投稿，也经常收到报社寄来的学习资料汇编。

大学毕业分配到济南工作以后，只是在中学当老师，后到市教育局搞文秘。1983年又到济南市委政策研究室工作，《文汇报》更是我每天必读的报纸。为什么？一是《文汇报》见解深刻的好文章多，站在理论前沿的新思想多，读后启人心智，使人感悟。二是《文汇报》知识面宽、信息量大，读了《文汇报》，不用出家门，便知天下事。名栏目多，笔会、论苑、虚实谈、文汇时评、头条新闻、经济观察、每周讲演等栏目，我都十分喜爱。三是我在济南虽然生活、工作得很好，但对生我养我的故乡始终一往情深，家乡情结始终难以割舍，《文汇报》面向全国但立足上海，刊登很多家乡的消息，手捧《文汇报》，乡情亲情油然而生，格外亲切！

20世纪80年代末到90年代，时任《文汇报》副总编辑的复旦校友贾树枚、茅廉涛，先后数次到济南召开山东读者座谈会，我每次都参加，对《文汇报》这样的名报能放下身段、走出上海，到外省倾听读者意见由衷佩服。1991年春天，《文汇报》第10次全国特约记者会在济南召开，我时任中共济南市委副秘书长兼政策研究室主任，如愿以偿地为会议的顺利召开尽了地主的一份绵薄之力。会后，我陪同总编辑张启承等在济南考察，还游览了灵岩寺，进一步加深了济南人与文汇报人间的了解和感情。记得1994年春天，我写了一篇关于济南清河村实行村级企业化管理的经验性报道，被《文汇报》头版采用，对经济强村的改革发展起到了很好的促进作用。

从1992年到1997年，我连续在《文汇报》的“虚实谈”和“文汇论坛”的征文活动中发表了9篇杂感，其中5篇获二等奖，1篇获三等奖。这对我坚持搞理论研究起到了很大的激励作用。那时投稿给评论部，并不认识任何人，后来才知道，编发这1篇杂感的编辑是笔名为“诸晓”的潘益大，而我们至今都未能谋面，比君子之交更淡。

如今，我已到退休之年，《文汇报》的启蒙之恩，几代文汇报人的品质、情怀，令我敬佩，让我怀念。

（2008年1月28日）

难忘恩情

悠悠岁月，似水流年，一晃我到了年逾花甲好忘事的年纪。往事如烟，但那些在漫长生活旅途中帮助过我的恩人、恩情，却格外清晰，永志不忘。我常想，如果没有那么多好心人的鼎力相助，我这个幼年丧父、出身贫寒的农家子弟怎会有今天？

像父亲一样的叔叔

1959 年夏天，我考上了宝山二中的初中。这所中学在罗店镇上，离我家所在的村子有 10 里路。那时我家穷，没有自行车，也没有钱乘汽车，更没有钱住校，每天只好来回步行。走读的难处是早上要早起早走，但那时我家连个小闹钟都没有，只好看天的亮度来判断，经常把月光误判成天亮，冬天更易误判，有好几次以为天亮了，起床到设在邻村的生产队的公共食堂去吃早饭，往往是食堂“铁将军”把门，炊事员还没上班呢，估计才凌晨两三点，只好再回家躺一会，但很难再入睡。为此，我经常在祖母面前唠叨：“最好有个小闹钟！”我的叔叔朱阿根星期天从市里回家时，祖母学给他听。待一个月后再回乡下来时，叔叔花 15 元钱给我买了一个小闹钟。从此，我既能睡上安稳觉，又不耽误上学，对叔叔十分感激。1965 年高考前，我没钱交高考报名费、从宝山县城去高考借宿地复旦附中的长途汽车费以及三天的伙食费，给叔叔写了一封求助信，他回信寄给我 5 元钱，解决了我的燃眉之急！最让我感动的是，1965 年 8 月我接到复旦大学的录取通知书后，一个星期天，叔叔顶着七级大风，从市区骑自行车回到乡下来，一下子给了我 80 元钱，这几乎是他一个月的工资。叔叔对我祖母说：“阿大（乳名）到大学里不要再穿土布了，这些钱给他买点‘的确良’，做几件好衣服穿，剩下的给买点书、零花。”我到学校报到后，用叔叔给我的钱在复旦书亭买了一本《汉语成语词典》。以前，我连这样最起码的工具书都买不起。5 年大学期间，星期天常到我叔家里去过，婶婶几乎每月都要塞给我 5 元、10 元的零花钱。联想到我报考大学交不起报名费、叔叔从信中给我夹寄 5 元钱我才报上名的情景，我的心难以平静：亲叔如父，没有我叔叔婶婶的帮助，我能否有机会读上大学都很难说。

没有血缘关系的舅舅

1962年，我考上县一中的高中后，由于学校离家有20多里路，需要住校。住校不仅要有铺盖，还要有单人蚊帐。我从小丧父，靠年迈的祖母和母亲在生产队挣工分过日子，穷得很。我住校，家里只能拿出一条旧被子，连垫的褥子都买不起。江南的冬天室内很冷，我只盖一条被子，垫的是破草席。这倒也不要紧，最难的是买不起单人蚊帐。我们的宿舍紧靠长江大堤，又是平房，夏天蚊子很多，没有蚊帐是很难熬的。我的舅舅朱奎兴听说后，主动把一顶单人蚊帐送到我家里。这种比雪中送炭还宝贵的帮助，令我终身感念。舅舅其实跟我家没有任何血缘关系。解放前他家地多人少，忙不过来，我家几乎没有地，祖母和母亲每逢农忙季节去他家打短工干农活，一来二去两家建立了情谊，我母亲是3岁被我祖母从育婴堂抱养的，不知父母在哪里；我舅舅他母亲也没有女儿，这样两厢情愿，结了干亲。干舅舅平时一个人在市区一家街道的地段医院工作和生活，每月回乡下的家里来。他家跟我家是邻村，遇到我时还多次给我5元、7元的零花钱。我常想，没有舅舅的帮助，我高中很可能读不下来。

胜似亲人的老邻居

1972年，我成家后住在爱人单位解放桥农口的第一宿舍8号楼，与周大娘一家为邻。远亲不如近邻，大娘一家对我们胜似亲人。大娘当时60多岁，是安徽芜湖人，跟女儿女婿住一起。那时我爱人出差多，女儿满一岁后就送到大娘家，请大娘带。大娘以前是机关托儿所的保育员，带孩子很有经验，也很热心，很负责任。她不仅给我带女儿，我那脖子上挂钥匙的儿子从小学放学后，也到大娘家由她照看。我爱人出差后，等我从经二纬三路市教育局骑自行车回家，大娘早就让我两个孩子吃饱了饭；如是夏天，还给孩子洗好澡，省了我的事。那时，我们夫妇年轻气盛，难免为生活琐事而拌嘴，大娘像母亲一样，用她朴素的人生感悟劝导我们，有一句话我受用了一辈子，至今仍牢记在心："夫妻之间要让啊，让不是让给别人，让是让给自己人！就是别人，该让也得让啊！"我们在农业厅一宿舍住了10年，后4年虽然搬到了6号楼，但与大娘一家的深厚感情持续了20多年。1982年搬出农业厅宿舍后，与大娘一家离得很远，但始终像亲戚一样往来，走动很勤。我们夫妇和两个孩子经常去看望大娘，每逢春节都要去拜年，有时把大娘接到我家住几天。没有大娘的帮助，我和妻子所钟爱的事业不可能那么顺利。

情如兄弟的学生

王连海是我在济南一中教书时的学生。我当班主任，他是班里的班长，比我小 10 岁。他是老济南户，住在老城区的宽厚所街上。中学毕业后，顶替他母亲在所里街西头一家卫生材料包装厂当工人，离我住的宿舍很近。小王为人忠厚，性格豁达，非常乐于助人。在我孩子小、工作忙、家务顾不过来的那七八年，多亏小王经常去帮忙。20 世纪 70 年代中期“批林批孔”之后，市场供应特别紧张，鸡蛋凭票都买不到，我与当时许多人家一样，在阳台上搭上鸡窝养了 4 只“来克杭”品种的蛋鸡，每天都要喂鸡扫鸡窝。我加班回不了家，就给小王打电话，让他下班后直接到我家帮我带孩子、喂鸡、扫鸡窝。等我晚上七八点下班回家，小王把一切都弄得很利索。我儿子、女儿至今都仍对小王感情很深，喊他为“王叔叔”。我在济南先后搬过多次家，每次都是小王招呼中学一伙同班同学如韦晶、韩昌义等帮我搬的。我夫妇双方的亲戚都远在上海，在济南举目无亲，爱人搞农业出差又多，没有学生小王及他同学的帮助，我居家过日子将非常艰难。最令人感动的是，1984 年，我搬到市委机关在经七路的一个宿舍，房子虽旧，但比较大了。小王帮我搬完家后说：“老师，您房子大了，应该买个彩电！”我在济南是白手起家的，工资又低，每年回上海看老人花费又多，手头没有一点积蓄，哪能买得起？我回答说："到2000年再买吧！"他每次来我家，每次都念叨。直到1987年5月份的一个星期天，他不管我同意不同意，把他攒的1000元钱装在塑料袋里送到我家。看他这么真诚，我又凑了500元钱，到三联家电商店买了一个沈阳牌彩电，直到两年后我才把钱还给他。小王帮我做了这么多事，却从来不给我提什么要求。他儿子读大专时我要资助学费，他坚决不要。他和他爱人所在厂都已经破产了，买断工龄得了三万多块钱后自谋生路，日子过得相当艰难，可他从来没有要我帮什么忙。他还经常到我家来看我，言谈中从不发牢骚，也从没有看到过他愁眉苦脸的样子，总是乐呵呵的，非常自尊，令我十分感动。小王等学生对我的帮助，起到了其他亲友所无法替代的作用。

济南如故乡，处处有亲人。一路走来，恩人如星，恩情绵长，有亲人、邻居、学生、同事、领导和其他朋友。不仅有生活上的帮助，更有事业上的关心。虽不能一一例举，但都深深铭记、永远感念；虽未能以涌泉相报，但都深受感染并尽力效仿，一辈子努力修善心，种福田，做好人。

（2008年7月）

后　记

我生于江南，长在江南，26岁离开江南，对江南的爱根植血脉，魂牵梦绕。

我也深深地爱着济南。我在济南工作生活了四十多年，对这里的山山水水、一草一木充满深深的情感。谁不觉得家乡好，可渐渐的，每当我回到故乡，却总是匆匆住几天就急着回来，可能因为，我的家在济南，我已经习惯济南的一切：这里的风土人情、这里的生活方式、这里的气候变化、这里的邻居朋友……济南历史悠久、山水秀美、民风淳朴，泉城甘甜的泉水已融我为一个济南人。

源于对济南的热爱，从20世纪80年代起，我开始习作有关济南的散文；近几年，时间更充裕，徜徉济南山水之间，为建设美丽泉城取得的新变化所感染，写得更多。我知道，自己的笔写不尽也写不好泉城的美，但我是用心写的，写的是我心中的美丽泉城，也诚挚希望有更多人了解泉城的美丽。

结集和写作过程中，伊沛扬、林博斌、迟兴臣等有关部门的同志给予了大力支持和帮助，陈国栋、张柯、朱佩峰、戴永夏、朱春娃等文友给予了热情鼓励和教正，山东工艺美术学院的杨濡豪同志精心创作了插画。在此一并致以谢忱。

朱文兴

2014 年 1 月 19 日